Patrick Salmen

Tabakblätter und Fallschirmspringer

Für Silvia,

Prosa bei Lektora

Bd. 33

Patrick Salmen

Tabakblätter und Fallschirmspringer

Lektora

Lektora, Paderborn

Erste Auflage 2012

Alle Rechte vorbehalten
Copyright 2012 by

Lektora GmbH
Karlstraße 56
33098 Paderborn
Tel.: 05251 6886809
Fax: 05251 6886815
www.lektora.de

Druck: docupoint, Magdeburg
Cover/Artwork: Jeannette Woitzik
Cover/Typographie: Cathérine de la Roche
Lektorat: Carina Middel & Lektora GmbH
Layout Inhalt: Lektora GmbH, Paderborn

Printed in Germany

ISBN: 978-3-938470-80-0

Inhalt

Der Bahnhof 9
Tabakblätter und Fallschirmspringer 15
Eine kurze Geschichte vom Glück 20
Sei still, alter Mann 21
Die Verschiebung des Schnees *oder*
Das Lächeln der Omnibusfahrer 27
Eine Ahnung von Blau 29
Der Maler 34
Die Pfahlsitzer von Reykjavík 37
Der Geigenkasten 38
Lindgrün 40
Nylon 41
Die Dame mit dem roten Hut 46
Der Mann aus dem Erdgeschoss 51
Das Fenster 56
Einsichten eines herabstürzenden Mannes 61
Holzleim 63
Manches bleibt 64
Der Tag, an dem Herr Jakob vom Fenster
verschwand 69
Der Seiltänzer 76
Zündhölzer 77
Zündhölzer II 78
Zündhölzer III 79
Acht Millionen 80
Zeit und Benzin 87
Der Globus 92
Primeln 96
Matroschka 97
Von Laubbläsern und Wäscheleinen 101
Irgendwo ist Afrika 108

Der Mann mit dem Schluckauf.......................... 112
Die Zisterne 113
Fliegende Fische.. 114
In der Straßenbahn.. 115
Zucker... 116
Blassbunt 117
Was kann denn ich dir noch vom Schnee
erzählen?... 123
Nordwind... 130
Moskau, linke Hand....................................... 136

„Einer geht jahrelang jeden Tag, bei jedem Wetter auf einen Berg, nach Feierabend, drei Stunden Marsch, und trägt jedesmal einen großen Stein mit sich. Nach vielen Jahren hat er eine riesige Pyramide gebaut. Er äußert sich nicht dazu und möchte nicht darauf angesprochen werden."

(Peter Bichsel)

Der Bahnhof

Am Rande des Industriegebiets. Horizontkonturen von Fabrikschloten und alten Zechen. Eine verlorene und doch wunderschöne Welt. Es scheint, als liege noch immer ein hauchdünner Film von Kohlenstaub auf den Feldern.

Kleingartensiedlungen. Vor lackierten Holzzäunen wachende Gartenzwerge. Lauernde Heckenschützen. Schmale Pfade zwischen Holunder und Hibiskus.

Doch viele weitere Kilometer entfernt, da gibt es sie nicht mehr: die Gartenzwerge, die Kleingartenlauben, die Menschen. Da gibt es nicht mehr als die Felder. Wenn die gelben und grünen Flächen nicht als Zeichnungen auf den Landkarten existieren würden, dann würde man manchmal glauben, sie seien nur Kulissen, eine Art Fata Morgana, die man nur wahrnimmt, wenn man im Zug sitzt und aus dem Fenster blickt. Verlorene Paradiese. In der Spätsommerseptembersonne glitzernde Roggenfelder.

Nur die Gleise und Strommasten erinnern an den Kontakt zu einer fernen Welt, lassen die Illusion von Distanzlosigkeit bestehen. Die Stille ist manchmal nicht mehr als ein Surren.

Die rostigen Gleise der Eisenbahn. Man erzählte den Kindern damals, dass ein einziger Mann die Gleise aus flüssigem Stahl gegossen habe. Er habe sich vorgenommen, alle Städte dieser Welt zu verbinden, denn er fürchtete, sie könnten sich sonst aus den Augen verlieren. Es ist wie bei den Menschen. Manchmal sollte man jemanden an der Hand nehmen, wenn man nicht will, dass er verschwindet. Dann sei er losgezogen und habe die Schienen gegossen. Ganz alleine, im ganzen Land.

Nach vielen langen Jahren sei er wiedergekommen, habe sich auf die alte Holzbank gesetzt, kurz durchgeschnauft und gemurmelt: „Jetzt hab ich mir eine Mütze Schlaf verdient", als hätte er soeben nur ein paar Eimer Kohlen geschaufelt oder nur mal kurz die Blumen gegossen. Aber er war über fünfundzwanzig Jahre unterwegs. Er soll dann einen halben Tag geschlafen und sich am nächsten Morgen wieder um seinen Bauernhof gekümmert haben.

„Und wie hat er den ganzen flüssigen Stahl transportiert?", fragte eines der Kinder.

„Er hatte einen Kupferkessel dabei. Dieser Kupferkessel war sehr groß. So ungefähr." Und während sein Vater das sagte, streckte er die Arme so weit, wie es nur eben ging, auseinander.

„Das glaube ich dir nicht. Wie soll der Stahl denn dann hart geworden sein?"

„Na ja, er hat gepustet. Ich erzählte dir ja bereits, dass er sehr lange unterwegs war. Aber er hatte Begleitung, und zwar vom Landvermesser."

„Vorhin hast du gesagt, er sei alleine gewesen."

„Nein, habe ich nicht. Der Landvermesser hat jedenfalls die Schritte gezählt, und wenn er gerade nichts zu tun hatte, dann half er ihm beim Pusten. Es war eine lange Reise, denn der Landvermesser hat kurz vorm Ziel plötzlich die Zahl aus seinem Gedächtnis verloren und dann mussten sie wieder zurück und von vorne beginnen. Der Stahlgießer hat dann natürlich auf dem Rückweg auch wieder zwei Schienen verlegt. Das ist auch der Grund, warum es immer zwei Gleise nebeneinander gibt. Wenn der Landvermesser nicht so vergesslich gewesen wäre, dann wäre alles ganz anders gekommen."

„Ich glaube dir nicht. Landkarten gibt es doch schon viel länger als Eisenbahnschienen. Warum sollte der Landvermesser denn alles noch mal gezählt haben?"

„Na ja, er glaubte den Karten nicht. Er wollte es selber herausfinden."

„Und wie viele Schritte waren es?"

„Musst du nicht langsam ins Bett? Das erzähl ich dir morgen."

Auch anderen Kindern erzählte man diese Geschichte. Und dann überlegten manche Väter nächtelang, wie viele Schritte es wohl gewesen sein könnten. Sie hofften insgeheim, dass die Kinder ihre Fragen vergessen würden, aber das geschah in den seltensten Fällen.

Manche Väter sollen die ganze weite Strecke dann noch mal zu Fuß abgegangen sein, nur um eine glaubwürdige Antwort zu haben. Natürlich kam immer eine andere Zahl dabei heraus, weil alle diese Männer Schritte unterschiedlichster Größe machten. Es war wirklich kein einfaches Unterfangen mit dem Landvermessen.

Heute sind die Kinder fort. Auch die Väter sind fort. Die meisten zogen in die Stadt, denn als die Eisenbahnen dann einmal fuhren, da war es ihnen ein Leichtes, neue Orte zu entdecken. Übrig blieben nicht mehr viele.

Zwischen Betonbauten und Industrieidyllen, da schlummern sie, die Dagebliebenen. Sie sind nicht mehr als eine verzerrt verschwommene Linie aus dem Blickwinkel eines Zugführers, ein kleiner Punkt von oben aus der Perspektive eines Zeppelins. Ein leerer Fleck auf der Landkarte, irgendwo da draußen. Die Dagebliebenen. Die Wahrhaften. Manchmal glaubt man, sie seien nicht mehr als eine Kulisse.

Und er ... er ist einer von ihnen. Er sitzt dort auf seinem Rasenmäher und zeichnet feine Linien ins Kornfeld. Manchmal schaut er auf die vorbeifahrenden Züge. Dann und wann winkt er den Kindern zu.

Vor einigen Jahren, da hat er sich mit einem Schild an die Gleise gestellt. „Amerika" stand in schöner Schreibschrift auf der Pappe. Früher, da träumte er von Amerika. Und irgendwann später, nachdem die Züge immer wieder an ihm vorbeigefahren waren, da kam er auf eine andere Idee. Er ging in die alte Scheune und suchte etwas Holz zusammen, er trug es Stück für Stück an die Gleise und dann ...

Dann hat er sich einen Bahnhof gebaut. Einen ganz kleinen Bahnhof aus ein paar alten Brettern, Nägeln und ein wenig alter Dachpappe. Es war der kleinste Bahnhof der Welt, womöglich aber der schönste. Der Zug jedoch, er hielt hier auch weiterhin nicht. Der Mann blieb ein verzerrter Punkt, vor der Kulisse. Aber immer wieder kommt er hierher, hält ein wenig inne und beobachtet die Schienen.

Manchmal sitzt man im Zug und bekommt urplötzlich das Gefühl anhalten zu müssen. Immer dann, wenn man diesen Druck auf den Ohren hat. Immer dann, wenn die Landschaft nicht mehr ist als ein einziges verschwommenes Aquarell. Immer dann, wenn man die Felder sieht. Die Strommasten. Die Vögel.

Nur die Vögel, sie kommen noch zu Besuch. Sie setzen sich auf die Hochspannungsleitungen und singen ein leises Lied in Dur.

Es gibt sie, diese Paradiese. Fernab von Braunkohlewerken, Gaskesseln und Kraftwerken. Fernab der Schrebergärten. Fernab der Stadt, da surren sie ...

Und manchmal ist das Surren die einzige Form von Stille, die uns erhalten bleibt.

Da sitzt er nun, der alte Herr auf dem Rasenmäher, direkt neben seinem kleinen Bahnhof. Und dann fängt es ganz langsam an, zu rattern. Die Eisenbahn. Ein leises Pfeifen.

Ein kleiner Junge sitzt im Abteil, presst seine Nase fest an das Fenster und beobachtet die Landschaft. Im Hintergrund: Silos, Heuballen und Traktoren. Eine alte Schaufel lehnt an der Scheune. Die wohl schönste Form von Reduktion. Nichts als Felder. Und plötzlich sieht der Junge den alten

Mann auf dem Rasenmäher direkt neben der kleinen, selbst gebauten Bretterhütte. Der alte Mann sieht den Jungen und winkt ihm lächelnd zu. Der Junge fragt seinen Vater, warum der Zug denn nicht anhält. Dort sei schließlich ein Bahnhof gewesen. Ein Mann habe daneben gesessen. Auf einem Rasenmäher.

„Bahnhöfe gibt es hier nicht", sagt sein Vater. „Hier gibt es nur Felder."

Früher, da wollte er nach Amerika.

Tabakblätter und Fallschirmspringer

„Pfeifenrauch ist eine ganz seltsame Allegorie auf das Altwerden", hast du gesagt. So einen richtig guten Tabak müsse man erst einmal ein paar ganze Tage in die Pfeife einrauchen, bis er dann irgendwann in jede Pore des Holzes gezogen sei und dann irgendwann seine Note richtig entfalten könne.

Da gab es diese zwei Düfte in deinem Leben: zum einen der Duft von Pfeifentabak. Immer mal wieder, so ganz zwischendurch, bist du in eines dieser Tabakgeschäfte gegangen, um den milden Duft einatmen zu können. Und dann wurdest du immer gefragt, ob man dir behilflich sein könne, ob es etwas Bestimmtes sein dürfe.

„Können Sie mir eine Sorte empfehlen?"

„Nun, dieser hier ist sehr angenehm. Er ist mir der Liebste. Probieren Sie ihn ruhig einmal", sagte der Verkäufer. „Er hat eine ganz milde, unaufdringliche Note."

„Probieren? Nein. Ich möchte nur riechen", hast du dann immer geantwortet.

„Riechen? Warum?"

„Nun, ich brauche den Geruch, um mich erinnern zu können. An meinen Großvater."

„An Ihren Großvater? Warum kaufen Sie dann nicht eine Dose; so können Sie immer riechen, wenn Sie wieder einmal an Ihren Großvater denken möchten."

„Kaufen? Nein, er hat nicht geraucht. Aber er erzählte mir, dass er den Duft von Tabak liebe und deshalb immer in die Geschäfte gegangen sei, um riechen zu dürfen. In einem Laden durfte er sogar einmal aushelfen. Einen ganzen Monat lang, wissen Sie. Aber er war kein guter Geschäftsmann. Er hat kein Geld genommen."

„Was hat er denn dann genommen?"

„Schuhe. Er hat getauscht. Er liebte den Duft von Leder nämlich ebenfalls, wissen Sie. Aber er mochte es nicht sehr, diese Schuhläden zu betreten und die aufdringlichen Verkäufer abzuwimmeln, deswegen ließ er sie nun hierher bringen und tauschte sie ein gegen etwas Tabak. Das war schon verrückt. Und dann, nach einem Monat, als der Verkäufer wieder gesund war, kam er wieder."

„Und was war passiert?"

„Er hatte nun ein Schuhgeschäft. Zunächst schimpfte er eine ganze Weile mit meinem Großvater. Das Lustige daran ist, dass dieser ohnehin immer ein Schuhgeschäft besitzen wollte. Und so war er letztlich doch sehr glücklich. Tabak und Leder. Verstehen sie nun, wann immer ich diese Gerüche einatme, fühle ich mich meinem Großvater wieder nah. Darf ich nun einmal riechen?"

Und schließlich durftest du. Das war wirklich großartig. Wann immer dieser Duft da war, hat er dich zurückgeholt in ein Stück Vergangenheit.

Und dann gibt es da noch die Geschichte mit diesem Plattengeschäft – ein Schallplattengeschäft in einer kleinen Seitenstraße –, eines dieser Geschäfte, in denen scheinbar immer Licht brennt, man aber niemals einen Menschen sieht. Und einmal in der Woche gingst du dann dort hinein und fragtest höflich, ob du dein Lied hören dürftest.

„Ihr Lied?", fragte der Händler.

„Ja, Sie wissen schon. Mein Lied."

Der Verkäufer griff unter seinen Tisch und gab dir die Platte. Du nahmst die Kopfhörer und hörtest dir dann eine ganze Weile dein Lied an. Nachdem du dein Lied zu Ende gehört hattest, gabst du dem Verkäufer die Platte zurück und dieser legte sie erneut unter seinen Tisch. Er versprach dir, dass er sie niemals verkaufen würde.

Und warum?

Na ja, den Trick hätte *er* wiederum von *seinem* Großvater gelernt. Jede Woche, wenn er kam, brachte dieser ihm ein paar Einkaufszettel vorbei – diese flüchtig gekritzelten Zettel, die man immer im Einkaufswagen findet. *Pfeffer, Mehl, Kaffee ...* Er sammelte sie für ihn und der Verkäufer hing sie dann auf. Er verriet ihm, auf diese Weise hätte er schon sehr viele neue Gerichte und Rezepte kennengelernt. Er kaufe mit den fremden Zetteln ein und dann versuchte er, etwas daraus zu kochen. Denn Essen, das mache ihn glücklich, sehr glücklich. Und wenn er einmal nichts aus den Zutaten kochen konnte, dann schrieb er Geschichten aus diesen Zetteln.

Jedenfalls durftest du auf diese Weise jede Woche dein Lied hören, ohne die Schallplatte kaufen zu müssen. Du hattest Angst, dass du dieses Lied zu oft hören würdest, wenn du sie kauftest. Dieses Lied – du wolltest es nicht entwerten, denn irgendwie hatte es dieselbe Wirkung wie der Tabakduft, nur dass du diesmal an deine Frau denken musstest, weil ihr bei diesem Lied immer so schön schweigen konntet.

All diese Düfte und Klänge gaben dir immer ein gutes Gefühl. Sie erinnerten dich an Ereignisse, die dir zwischendurch immer wieder einen kleinen Schub gaben, so einen klitzekleinen zaghaften Schub. Weil du wusstest, dass es Menschen in deinem Leben gab, denen du immer blind vertrauen konntest.

„Das Leben ist wie ein beschriebenes Blatt Papier", sagtest du mal. „Mit jeder Zeile, die du füllst, verblassen die Worte aus deiner Vergangenheit. Aber es gibt diese ganz wenigen bestimmten Momente, an die man sich einfach in gewissen Situationen immer erinnern kann."

Wenn dieses Lied läuft, zum Beispiel. Wenn du den Duft von Tabak und Leder einatmest. Wenn du mit deinem Finger über den Rand eines Geldstücks streichst und wegen der rauen Textur an die rostroten Gitarrensaiten denkst, die du als Kind immer mit dem Fingernagel berührt hast. Wenn du diesen Traum hast, diesen immer wiederkehrenden Traum.

Aber irgendwann reicht es nicht mehr und plötzlich fehlen dir all diese Momente, jedwede Erinnerung. Dann siehst du deine eigene Tochter an und denkst dir: „Schönes Kleid, aber wer ist diese Frau?" Dann sitzt du dort in deinem Trott – sitzt in deinem weißen Pyjama vor mir – und ich denke, dass dieser Mann mir noch so viel zu erzählen gehabt hätte. Aber diese Zeilen scheinen verblasst ...

Ich habe mir ein viel schöneres Ende überlegt, denn ich habe mal gehört, man müsse ein Blatt Papier rein theoretisch nur zweiundvierzigmal falten, um die Höhe des Mondes zu erreichen.

Ja, jetzt sitzt du hier. Auf dem Mond. Das hast du dir nicht zweimal sagen lassen und es dir dort oben gemütlich gemacht.

Du nimmst das Papier und fängst an, es wieder zu entfalten. Es ist ein sehr großes Blatt. Hier oben auf dem Mond ist es kühl, aber du hast ja dein Blatt und kannst dich mehrlagig damit zudecken. Diese ganzen Erinnerungen, sie sind alle bei dir. Da ist immer etwas in dir, das dir zwischendurch mal ein Lächeln schenkt. Und dann hast du gesagt, jetzt reicht es. Dann hast du dich auf die Mondkante gesetzt und angefangen, dein Blatt zu zerreißen. All diese Erinnerungen, die Geburt deiner Enkel, die Hochzeit deines Sohnes, die Gerüche von Tabak und Leder, die rauen Gitarrensaiten, der nette Herr aus dem Plattengeschäft, die Einkaufszettel und dieses wundersame Lied. Nichts hast du dir mehr gewünscht, als diese Erinnerungen jemandem schenken zu können. Und jetzt sitzt du dort auf deiner Mondkante, schaust von oben auf dein Geburtshaus am Stadtrand, nimmst diese ganzen Bruchstücke deiner Erinnerung und pustest.

Eine kurze Geschichte vom Glück

Als Herr Jakob eines Nachmittags, an einem Gerstenhalm kauend, auf seinem alten rostigen Klappgartenstuhl saß und gerade von seinem Nickerchen erwachte, da kam eines seiner Kinder und fragte ihn, was denn für ihn das Glück sei. Da schlief er wieder ein.

Sei still, alter Mann

Stellen Sie sich einen jungen Mann vor. Als er klein war, hatte er in einem Lexikon etwas über Traktoren gelesen. Er wusste, wie sie aussehen, wie schwer sie sind und über wie viele Pferdestärken ihre Motoren verfügen. Er wusste, wie sie heißen, wo sie gebaut werden und wofür sie genutzt werden. All das war in diesem Lexikon zu lesen. Und in der Nachbarschaft stand solch ein Traktor. Ein großer roter Traktor, etwas rostig und marode, mit Rädern, die viel höher waren als er selbst. In den Reifenprofilen trockene Erde. Er schien lange nicht benutzt worden zu sein.

Der Junge fragte seinen Vater einmal, ob sie gemeinsam mit diesem Traktor fahren könnten, und der Vater sagte nur: „Dafür bist du noch zu klein. Nein, das sollten wir ein anderes Mal tun. Später, wenn du groß bist."

Und immer wieder, Tag für Tag, ging der Junge an diesem Traktor vorbei und sagte sich: „Irgendwann bin ich groß!" Hartnäckig hielt er an seinem Gedanken fest. Irgendwann würde er mit diesem Traktor fahren.

Als zwei weitere Jahre vergangen waren, ging er erneut zu seinem Vater, nahm all seinen Mut zusammen und fragte, ob sie sich nun den Traktor vom Nachbarn ausleihen wollten, damit er endlich damit fahren könne.

„Nein", sagte der Vater, „dafür bist du doch schon viel zu groß. Kleine Kinder interessieren sich für Traktoren, aber sieh', mein Sohn, du bist zwölf. Du sollst für die Schule lernen. Hier, lies einmal die Zeitung. Verstehst du, was darin steht? Verstehst du etwas von Wirtschaft und Politik? Du solltest mehr Bücher lesen. Ich möchte, dass du später einmal einen vernünftigen Beruf erlernst, Geld verdienst als Händler und Geschäftsmann. Du solltest später einmal eine Frau versorgen können und vor allem solltest du wissen, was in der Welt passiert. Traktoren haben mit dieser Welt nicht mehr viel zu tun."

„Aber als ich dich gefragt habe ...", sagte der Sohn, „da hast du gesagt, ich sei zu klein. Und jetzt bin ich zu groß?"

„Geh in dein Zimmer", antwortete der Vater. „Du sollst lesen. Hier, nimm das Buch. Darin steht vieles, was du wissen musst. Ein Buch über die deutsche Geschichte. Lies es, und in ein paar Wochen stelle ich dir Fragen dazu."

„Ich möchte dieses Buch nicht lesen. Ich möchte auf diesen Traktor klettern."

Dieses Buch über die deutsche Geschichte hat er nicht angerührt, wie Sie sich denken können. Er nahm sein altes Lexikon und schaute sich erneut das Kapitel über Traktoren an, lernte alles, was es über sie zu wissen gab, stellte sich das Knattern des Motors vor, stellte sich vor, wie er mit den riesigen Reifen über die Felder fahren würde. Alle diese Bilder waren in seinem Kopf. Einen Tag später kaufte er sich auf einem Flohmarkt ein ganzes Buch über Traktoren, lernte auch nun wieder alles, was es zu wissen gab, erforschte die Bilder, die kleinen Tabellen und alle Details, die in diesem Buch standen. Er kannte bald alle Modelle mitsamt Seriennummer und Baujahr und ward zunehmend in seinem Vorhaben bestärkt, irgendwann selbst einen solchen Traktor zu fahren – einen roten.

Irgendwann kam sein Vater herein. „Ich hoffe, du hast das Buch über die deutsche Geschichte gelernt. Hast du?"

„Ja, selbstverständlich."

„Nun gut, dann wirst du mir doch bestimmt sagen können, wie unser erster Bundeskanzler hieß?"

„Adenauer." Das hatte er mal in den Nachrichten im Radio gehört.

„Ja, richtig. Sehr gut." Und dann stellte der Vater ihm viele Fragen über Wirtschaftskrisen, Weltkriege, Revolutionen, Aufstände, Parteien. Wie ein Lehrer wartete er auf die Antworten. Aber sie blieben aus. Sein Sohn hatte natürlich keine Ahnung, hatte auch das Buch nicht gelesen.

„Aber weißt du, ich kann dir ganz viel über Traktoren erzählen." Und dann präsentierte er voller Stolz sein Buch und hielt es dem Vater vor die Nase.

„Du Träumer", sagte dieser. „Du willst doch kein Bauer sein, kein Tagelöhner. Ich habe dich nicht großgezogen, damit du mir mit einem Traktor durch die Felder ratterst."

Nun, auch ich habe diese Geschichte nur gehört. Ich weiß nicht, ob sie der Wahrheit entspricht. Aber irgendwie hat sie mich eingenommen. Eine

Geschichte über einen Jungen, einen Traktor und einen Vater. Was sind denn Väter? Männer, die manchmal bloß Angst haben, Fehler zu machen. Männer, die glauben, Männer schaffen zu müssen. Erfolgreich, wohlhabend und gebildet. Das Wort „Stolz" ist eines, das den Menschen leicht über die Lippen geht, wenn sie von Nationen reden, von Besitz und von Herkunft. Einmal traf ich einen Mann, der sagte, er sei stolz auf sein Land und auf sein Haus. Ich verstand ihn nicht, hakte nach und er sagte, sein Haus hätte er gebaut und für sein Land hätte er gekämpft. Ich dachte mir, stattdessen sollte er stolz auf *sich* sein, mit eigenen Händen ein Haus gebaut zu haben. Hingegen sollte jemand, der für ein Land kämpft, das Wort „Stolz" besser *nie* gebrauchen. Aber letztendlich hatte auch dies seine Gründe. Es ist eine Vorstellung, die er wiederum aus der Geschichte gelernt hat – es sind Werte, die ihm von seinem Vater und anderen Menschen vermittelt wurden. Manchmal hat es seine Gründe, dass Väter das Wort „Stolz" nicht über ihre Lippen bekommen und dass sie Angst haben, Schwäche zu zeigen. Manchmal lernt man einfach nicht, wie man Gefühle zeigt – wie man jemandem sagt, dass man ihn ganz arg lieb hat und an ihn glaubt. Die Liebe der Väter scheint doch wesentlich schwerer erkennbar, hat man doch immer wieder das Gefühl, sich einem Vater beweisen zu müssen, während Mütter doch scheinbar oft bedingungslos lieben. Aber es gibt dieses seltsame Wort. Stolz. Und manchmal wartet man ein ganzes Leben darauf, dass der eigene Vater sagt, er sei stolz auf seinen Sohn. Ein ganzes Leben wartet man auf *ein* Wort.

Nun, es scheint bisweilen, als sei der Sohn im Recht und der Vater im Unrecht. Diese Geschichte beginnt damit, dass ein Sohn Traktor fahren will, ganz artig danach fragt und dass sein Vater ihn jedes Mal vertröstet. Aber wer weiß, wo die Geschichte *eigentlich* beginnt. Vielleicht beginnt sie damit, dass sein Vater selber ein kleiner Junge ist, der sieht, wie seine Eltern durch den Krieg ihre Existenz verloren haben und durch die Trümmerschäden noch jahrelang die Ernten ausblieben. Vielleicht beginnt sie damit, dass dieser Vater als kleiner Junge selbst Traktor fahren wollte und dass dieser Wunsch niemals erfüllt worden ist und er nun jedes Mal, wenn er einen Traktor sieht, an diese Zeit erinnert wird. Niemand weiß, wo die Geschichte anfängt. Nicht einmal ich, obwohl ich sie geschrieben habe.

Und nun, diese Geschichte hier ist noch nicht vorbei. Viele Jahre später erfuhr der junge Mann, dass sein Vater schwer krank sei, dass die Spuren des Alters nun ihren Tribut zollen sollten, da fuhr er sofort, ohne lange nachzudenken, ins Hospital. Er führte seinen Vater nach draußen, stützte dabei seinen müden alten Körper, er band ihm die Augen zu, und dann ...

Na ja, den Rest müssen Sie sich selbst ausmalen. Aber es könnte sein, dass die beiden nun fortfuhren. Mit einem alten roten Traktor. Es könnte sein, dass sie noch heute über die linke Spur der

Autobahn schleichen und dass, immer wenn ein Fahrzeug hinter ihnen lautstark hupt, weil es überholen will, die beiden ihren Hut zücken und freundlich grüßen. Es könnte sein, dass die beiden irgendwann an einem See vorbeikommen und der Vater dann den Wunsch äußert, dass er nun schwimmen wolle und dass sein Sohn antworten würde:

„Sei still, alter Mann. Dafür bist du zu alt."

Es könnte sein, dass ein Vater nun erstmals in seinem Leben sagt: „Ich bin stolz auf dich."

Und es könnte sein, dass ein Sohn dann sagt: „Ich weiß."

Die Verschiebung des Schnees *oder* Das Lächeln der Omnibusfahrer

Rostige Schaufeln schürfen über die weiße Leinwand. An den Regenrinnen der Schieferdächer hängen die ersten klirrenden Eiszapfen. Von hier aus wirken die gebogenen schneebedeckten Dachgiebel wie leicht gewelltes Zigarettenpapier.

Im Winter liegt Schnee auf den Straßen.

Als Kind hat er damals oft auf der alten Streusalzkiste am Straßenrand gesessen und die Busse beobachtet. Immer wenn zwei Omnibusse sich entgegenkamen, grinsten die Fahrer ein wenig schelmisch und winkten sich zu.

In dieser Stadt gibt es seit Jahren nur zwei Buslinien und hier, genau in der Mitte, trafen die beiden stets aufeinander. Am Tag begegneten die beiden Fahrer sich insgesamt vierzehnmal und stets freuten sie sich dabei so sehr, als würden sie sich gerade zum ersten Mal begegnen. Dann winkten sie sich zu, nickten ihre Köpfe oder zückten ihre Busfahrermütze.

„Busfahrer scheinen sehr dankbare, höfliche Menschen zu sein."

Herr Jakob sitzt noch heute, Tag für Tag auf der alten Streusalzkiste und beobachtet von dort aus den schleichenden Verkehr. Immer wenn die beiden Busse sich kreuzen, nimmt Herr Jakob ein wenig Salz aus der Kiste und wirft es auf den Gehweg.

Es heißt, die beiden Omnibusfahrer seien die freundlichsten Omnibusfahrer der Stadt, was womöglich stimmt, denn es ist eine sehr kleine Stadt und die beiden sind die einzigen Omnibusfahrer weit und breit.

Im Winter liegt Schnee auf den Straßen.

Als eines Tages zwei Forscher in die Stadt kamen, erblickten sie den riesigen Salzberg. Die Forscher sprachen von Erdplattenverschiebung, von Gesteinsarten und diskutierten über die Topographie des Landes.

Herr Jakob stand derweil, mit der Kehrschaufel in der Hand, vor seiner Türe und lächelte.

Im Winter liegt Schnee auf den Straßen.

Eine Ahnung von Blau

„Blau – Farbempfindung, die durch Licht einer Wellenlänge zwischen 440 und 495 Nanometer oder durch additive Farbmischung von Grün und Violett, beziehungsweise durch subtraktive Mischung von Cyan und Purpur hervorgerufen wird."

Sie klappte das schwere Buch vorsichtig zu und legte es beiseite. Sie lag hier auf dem Flachdach und beobachtete die bewegten Bilder, die sich über ihrem Kopf wie in Zeitlupe abspulten. Trübe weiße Wolkenfetzen legten sich über den satten blauen Hintergrund und vereinten sich zu einem einzigen flackernden Farbfilm.

Eine Ahnung von Blau. Sie lag hier auf dem Rücken, umgeben von Büchern und Bilderwelten und schaute in den Himmel, die Hand über die Schläfen gestreckt, um sich vor den blendenden Strahlen zu schützen. Wolkenstuckdecken. Bröckelnder Putz, der sich in feinsten Staubpigmenten in der flimmernden Luft verlor.

Sie lag auf der karierten Decke, als Dame zwischen den Türmen. Schachbrettwelten. Über ihr das kolorierte Farbfelderflimmern. Schwachmattes Blau und bleichblasses Weiß. Über dem Flachdach flattern die Tauben gar zeitraffergleich. Sie flackern und flattern. Im Kontrast der Wanderwolkenlangsamkeit wirkt jeder Flügelschlag noch viel intensiver und schneller.

Der Blick in den Himmel. Nuancen zwischen Graublau und Blaugrau. Zwischen Milori- und Marineblau, zwischen Königs-, Kobalt- und Kornblumenblau. Nur Ahnungen.

Und unter ihr, einige Meter weiter, saß ein älterer Herr auf der Bank im Schatten unter der Markise des Cafés. Er blätterte durch die dünnen Seiten eines Buches.

„Rot – Bezeichnung für die Farbempfindung, die durch Licht einer Wellenlänge zwischen 600 Nanometer und dem langwelligen Ende des sichtbaren Spektrums bei 780 Nanometer hervorgerufen wird."

Er saß unter der Markise und vertiefte sich in die Abgründe seiner Zeitung. Jede Bewegung, jedes Ampelaufblitzen entging ihm. Der Pulsschlag der Stadt verbarg sich hinter auf Papier gepressten Druckbuchstaben. Aber dann, nach einigen Minuten, steckte er die Zeitung beiseite und legte sich längs auf die Bank. Über ihm nur diese Markise, eine bordeauxrot schimmernde Plane. Er legte sich auf den Rücken und schaute nach oben.

Nur ein rotes Tuch über ihm. Markisenfarbigkeit. Er begann zu träumen. Von Klatschmohnfeldern und einem rotem Segelflugzeug. Dieses kleine Flugzeug. Er erinnerte sich an die Tage, an denen es über die Klatschmohnfelder geflogen war und er selbst bewundernd und staunend zugesehen hatte. Es stand ganz oben auf dem Schrank, zwischen dem alten Globus und all diesen Stofftieren. Da gab es dieses eine Stofftier, das immer da war. Scharlachrot. Und jetzt liegt es auf dem Speicher. Viele Dinge liegen jetzt auf dem Speicher. Im Regal zwischen Brettern und Kartons. Oft zerliebt man die Dinge. Das Segelflugzeug steht auch dort oben.

Unter der Markise webt er Bilder in Farben zwischen Rubinrot und Rostrot, zwischen Ziegel- und Kirschrot, zwischen Purpur und Zinnober. Und während er so tagträumte und in Erinnerungen schwelgte, schlief er langsam ein. Manchmal träumt man. Manchmal zerliebt man die Dinge.

Ein symmetrischer Tag – ein Tag, an dem zwei Menschen, scheinbar unabhängig voneinander, denselben Blick teilen. Mit dem Gespür für den anderen, ohne direkt an ihn zu denken. Ein Tag, an dem Dinge zusammenlaufen, ohne sich zu berühren. Auf dem Dach. Unter der Markise.

Und dann wurde es langsam Nacht. Dort unten schlief der ältere Herr unter der Markise und oben schlummerte die junge Dame auf dem Flachdach. Ein symmetrischer Tag. Zwei Menschen, zwei Bücher, zwei Träume. Blau und Rot. Manchmal zerliebt man sich.

Die junge Dame wachte auf und merkte, dass es dunkel war. Das Blau wich der nächtlichen Kaffeesatzschwärze und aus Wolken- wurden Sternenbilder. Orion. Ihr Vater zeigte ihr einmal, wie sie die Sternenkonstellationen erkennen kann. Mit viel Geduld saß er nachts neben ihr, nahm ihre Hand und verband dann die einzelnen Punkte mit unsichtbaren Linien zu phantastischen Bildern. Die Zeit ihrer Jugend. Die grüne Schwalbe, die knirschenden Kiesel unter den Gummistiefeln, die Klatschmohnfelder und Vaters roter Segelflieger.

Und manchmal zerliebt man sich. Wie Plüschtiere, die einem in Kindheitstagen Schutz gewährt haben, die dann trotzdem im Keller landen. Manchmal zerliebt man sich ... und dann sucht man Antworten. Zwischen dem großen Wagen und Orion. Zwischen Graublau und Blaugrau. Dann vergisst man, dass es vielleicht für alles eine Erklärung gegeben hätte. Dass zerlieben nicht heißt, dass man sich nicht mehr liebt, sondern nur dass ... Ja, was denn? Dann sucht man Nuancen zwischen Milori und Marin und vergisst die Farben abseits von Blau. Und dann hat man das Buch schon zugeschlagen und vergisst einen Eintrag.

Manchmal fehlt einem der gewisse Blick, weil scheinbar so etwas wie eine Markise das Blickfeld versperrt. Manchmal ist man nicht bereit, Kompromisse einzugehen und sich selbst ein wenig zurückzunehmen. Und dann sieht man den Wolkenstuck nicht, sieht nicht, wie die Kinder größer werden und das Dach erreicht haben. Und irgendwann merkt man, dass die Kinder schneller auf eigenen Füßen laufen, als man sich das gewünscht hätte, weil man doch so gerne Vater war. Dann vermisst man die Tage, an denen man die Sternbilder erklären konnte. Orion. Manchmal verliert man sich in Rottönen. Sucht Nuancen zwischen Karmin- und Rubinrot. Manchmal fehlen einem die Farben abseits von Rot. Wenn zwei Farben sich vermischen, dann büßen beide ihre eigentliche Beschaffenheit ein. Aber es gibt doch eigentlich kein schöneres Bild, als wenn zwei Farben ineinander verlaufen. Aber dann hat man das Buch schon zugeschlagen und vergisst einen Eintrag.

„Violett – allgemeiner Name für den Farbbereich zwischen Blau und Rot. Das Violettrot wird auch als Purpurrot bezeichnet."

Manchmal zerliebt man sich.

Der Maler

[Der Wirt spricht mit einem Gast.]

„Diesen Herrn am Tresen – sehen Sie ihn? Wissen Sie, seit vielen Jahren kehrt er hier ein, ordert drei Gläser Bier, trinkt jedoch nur eines davon aus und verschwindet wieder. Man erzählt sich, er hätte damals seine beiden besten Freunde im Krieg verloren. Früher saßen sie zu dritt hier und haben Karten gespielt. Und dann kam der Krieg. Einfach so. Irgendwann kam der Herr alleine hierher. Dann und wann spielte jemand Karten mit ihm. Aber wissen Sie, seit dem Krieg, da schweigt er. Selbst mit mir hat er kein Wort mehr geredet."
„Kein Wunder. Sie sind ja auch ein geschwätziger alter Trunkbold. Es steht Ihnen nicht zu, mir seine Geschichte zu erzählen. Behalten Sie es gefälligst für sich! Ich will vom Krieg nichts hören!"
„Ach kommen Sie, mein Guter. Das ist mein Beruf. Oder glauben Sie, die Menschen würden hier einkehren, wenn ich ihnen erzählen würde, dass er einfach nur geistesgestört wäre. Glauben Sie das? Die Menschen wollen Geschichten hören. Diese Männer, wissen Sie, haben ein feines Gespür für Poetik."
„Was bitte ist am Krieg poetisch?"
„Der Krieg ist poetischer, als sie glauben."
„Ich bitte Sie. Und was erzählen Sie über mich?"

„Dass Sie ein Idiot sind. Ein Taugenichts. Ohne Ängste, ohne Zweifel und ohne Geld."
„Das stimmt ja auch."
„Sehen Sie."
„Hätten Sie sich nicht auch zu meiner Person solch eine Geschichte ausdenken können?"
„Was soll ich den Leuten denn erzählen? Dass Sie ein begnadeter Maler sind?"
„Mir egal. Etwas Besseres als ein Idiot würde Ihnen schon einfallen."
„Glauben Sie mir, wenn Sie ein Maler wären, wären Sie immer noch ein Idiot. Vielleicht ein wenig talentierter. Aber ein Idiot."
„Geben Sie mir noch ein Bier."
„Sehen Sie, Sie sind nicht nur ein Idiot, auch noch ein elender Trunkbold."
„Sie sind der Erste, der das sagt."
„Kein Wunder. Den meisten Menschen fällt es nicht auf, dass Sie trinken, weil Sie ohnehin ein Idiot sind. Wenn ein Idiot zum Trunkbold wird, dann fällt es nicht auf."
„Sie trinken doch selbst."
„Und es ist Ihnen sofort aufgefallen."
„Ach, seien Sie ruhig. Was schulde ich Ihnen?
„Es ist ohnehin zu viel."
„Schreiben Sie es auf den Deckel."

[Der Mann steht auf und verschwindet. Der Wirt zerreißt den Deckel und wirft die Pappe in den Mülleimer. Ein weiterer Gast kommt an den Tresen.]

„Wer war das?"

„Ein Maler. Ein talentierter junger Feingeist. Wissen Sie, seit vielen Jahren kehrt er hier ein, ordert drei Gläser Bier, trinkt eines davon aus und verschwindet wieder. Man erzählt sich, er hätte damals seine beiden besten Freunde im Krieg verloren. Früher saßen sie zu dritt hier und haben Karten gespielt. Und dann kam der Krieg. Einfach so. Und irgendwann kam der Herr alleine hierher. Dann und wann spielt jemand Karten mit ihm ... Aber er ist ein Idiot. Ein armer, trunkener Idiot."

Die Pfahlsitzer von Reykjavík

Vor einiger Zeit saß Herr Johannsson auf einer Parkbank am Steg und fütterte die Tauben. Kurz darauf beschloss er, es einem Vogel gleichzutun, ging zum Steg und kletterte auf einen Pfahl. Als er oben war, dachte er sich: „Oh weh! Oh weh! Was bin ich bloß für ein einfältiger Narr. Ich kann doch gar nicht fliegen." Dann blickte er hinunter und ihm wurde arg schwindelig. Seitdem sitzt er dort oben und schämt sich, ob seiner Einfältigkeit.

Und wie er nun dort oben saß, auf dem Pfahl, und sich schämte, kamen viele Menschen an dem Steg vorbei und staunten über das Gesehene. Und wie der Mensch so ist, nun Sie können es sich denken, taten Sie es Herrn Johannsson gleich und kletterten ebenfalls auf die Pfähle.

Seit vielen Tagen sitzen sie nun dort. Im Rundfunk und in den Zeitungen berichten sie, die Männer protestierten gegen den Krieg.

Betrachten Sie diese Geschichte als die Geschichte eines gescheiterten Vogels. Oder als die Geschichte vom tollkühnen Pfahlsitzer Herrn Johannsson und einem Volk, das den Krieg verurteilt.

Der Geigenkasten

Seht her! Mein geliebter hölzerner Geigenkasten. Hier liegt er, stets treu zu Diensten, immer an meiner Seite, neben den kalten Füßen. Seit vielen Jahren, das Holz verbraucht, gezeichnet. Hier unter der Straßenlaterne, meiner vertrauten Mondscheinillusion. Seht nur her, hier in den Fugen des Kopfsteinpflasters, rostiges Münzgeld, Grasspitzen, Tabakreste. Hier liegt er, mein Geigenkasten. Zehn Groschen liegen drin. Am Abend werden es wohl ungefähr fünfzig oder sechzig Groschen sein. Drei, vier Stunden noch ausharren. Warten auf die edlen Spender. Die Gutmenschen mit ihren mitleidenden Blicken, wehleidig wirken sie, als säßen sie an meinem Platz unter der alten Lampe.

Sie werden sich vor mich stellen, innehalten und dann wie die Gockel aufplustern. Ihr Blick wird meinen leeren Kasten streifen, sie werden die Ohren spitzen und meinem Violinspiel lauschen, die schiefen, schrillen, atonalen Klänge aushalten, dabei die Miene aufsetzen, als ständen sie vor Paganini selbst. Dann werden sie ein, zwei Groschen hineinwerfen, hier in meinen Kasten, werden unauffällig ihre Augen durch die Gassen kreisen lassen, um die aufrichtigen Blicke der Passanten zu ernten, die der selbstlosen Tat beiwohnen durften. Sie werden sich im Geiste auf die Schulter klopfen und vor dem Publikum verbeugen. Vorhang zu.

Nun, jeder Groschen hier ist das Resultat menschlicher Selbstsucht, des natürlichen Egoismus, des inneren Zwangs des Sich-selbst-Gefallens. Ich würde sagen, ich bin so etwas wie die moderne Absolution. Ein Institut, für so etwas, was sie Sündenerlass nennen. Seht her – mein alter Geigenkasten, gefüllt voller Buße. Dann werden sie ihre Blicke wieder abwenden, sich umdrehen und heimgehen. Und so streiche ich meine Geige, hier unter meiner stählernen Mondattrappe, dem Laternenlicht, auf dem nassen Trottoir, zähle so manche Sünde und mit dem Fluss des Rinnsals ziehen die Menschen dahin. Wohin auch immer.

Lindgrün

Er mochte die lindgrünen Kacheln nicht mehr.

Als er wie an jedem Morgen auf dem gewohnten Stuhl am Frühstückstisch saß, sich dann zuerst den Kaffee eingoss und anschließend ein Stück Brot aus dem Korb nahm, sagte er seiner Frau, dass er neue Kacheln kaufen werde.

Sie mochte die lindgrünen Kacheln, sie mochte sein Rasierwasser und sie mochte das Knistern der Kalkschalen, wenn sie gemeinsam ihr Frühstücksei aufschlugen.

Als er am Abend heimkehrte, erinnerte seine Frau ihn daran, dass er doch eigentlich neue Kacheln kaufen wollte.

Er setzte sich an den Tisch und schob die Fenstergardine zur Seite.

„Im Licht wirken sie ganz anders."

Nylon

In genau diesem Moment landet ein kleiner Vogel auf einer Hochspannungsleitung. Es ist, als spiele er ein leises Lied in Dur. Es klingt wie das zaghafte Zupfen an der untersten Saite der Gitarre. Nylon. Wenn man ganz leise ist, kann man es hören.

An der Bar sitzt eine junge Dame mit rotem Lippenstift, bleich geschminkt, ihre Falten kaschierend. Wimmernde Wimpern. Augenringe, die an die letzten durchzechten Nächte erinnern. Ihr Atem trägt Spuren von Cognac und kaltem Rauch. Traumverloren sitzt sie dort und lauscht den Klängen, die sich wie Nebelschwaden an der Zimmerdecke verlieren.

„Es ist Zeit, zu gehen", hat er gesagt. Doch vielleicht ist es genau dann Zeit, zu bleiben.

Sie schaut auf die Bühne und lauscht den Tönen, die sie nun fortan begleiten sollen. Flatternde Fliegen in flimmernden Photonenfeldern. Scheinwerferlicht. Angezählter Takt. 3, 2, 1. Prasselnder Paukenschlag. Posaune. Dann Altsaxophon.

Noch vor wenigen Tagen, da sagte er ihr, dass es besser ist, zu gehen. Sie blieb. Denn sie wusste, dass er lügt und dass er *sie* und sie *ihn* braucht.

... weil wir Menschen doch manchmal nicht mehr sind als Tonträger, die darauf warten, dass man ihnen ihren Klang entlockt, dass da jemand ist, der seinen Tonarm behutsam auf unsere Schultern legt und uns in diesem Moment zu Musik erhebt – der seine Nadel auf unsere Haut legt und uns zu ergründen versucht.

Session 1: Improvisation. Sich bis dahin fremde Menschen erschaffen in wenigen Minuten eine Vertrautheit, die scheinbar nur durch Musik möglich ist. Dieses Spiel auf der Bühne. Ein Spiegel der Facetten menschlichen Lebens. Das Sich-Zurücknehmen des Pianisten, wenn der Trompeter am Bühnenrand wie im Rausch zum Solo ansetzt. Das gemeinsame Takt-Anzählen vor dem Spiel. Das Selbstverständnis des Bassisten. Der Pianist, der inmitten einer imposanten Saxophonsonate plötzlich wieder ruhige Töne anschlägt. Alles wirkt wie ein Theaterszenario. Doch vor dem roten Vorhang schlüpft niemand in fremde Figuren, spielt niemand eine Rolle. Was hier passiert, ist mehr als ein Theaterspiel nach geschriebenem Drehbuch. Es ist Jazz.

Der Pianist schlendert in Halbtonschritten über Tonleitersprossen.

„Es ist Zeit, zu gehen", hat er gesagt. Sie blieb.

Aber wissen Sie was? Es gibt keine Bühne. Es gibt keine Dame mit rotem Lippenstift an einer Hotelbar. Das alles ist gelogen

Session 2: Augen geschlossen. Ein Saxophonist steht auf einem Hochhausdach und erschafft den Wind, wirbelt Laubblätter auf und kühlt unsere Haut in der gleißenden Sonne. Eine Art Vibration weht durch die Straßen und wirbelt alte Zeitungen und Einkaufstüten auf. Die Hüte der Menschen tanzen Pirouetten in der Luft. Der Saxophonist pustet die Noten wie einen warmen Regen in die Stadt. Unten sieht man *keine* Menschen, nur die bunten Oberflächen der Schirme. Ein farbfrohes Szenario, kreisrunde Felder, einzelne Tupfer, die sich zu einem riesigen abstrakten Gemälde vereinen. Regenschirme. Und die Noten, sie tropfen auf Nylon.

Grundrauschen. Das Flackern eines Schmalspurfilms. Manchmal sind die Straßen Klaviaturen und wir tanzen fingerspitzengleich auf schwarzweißen Tasten in Halbtonschritten durch die Nacht. Ein warmer, satter Bass umschmiegt uns, legt sich wie ein Mantel auf unsere Haut. Der Saxophonist lässt die Welt aus seinem Trichter schlüpfen, gebärt die Welt aus seinem Atem.

Trommelschläge, prasselnde Regentropfen auf Fensterscheiben, tapsende Schuhsohlen, eine tickende Bahnhofsuhr, Rhythmus, Ovationen. Telefonzellen und Litfaßsäulen, die wie salutierende Soldaten am Straßenrand stehen. Die alten Laternen neigen ihre Köpfe. Dann die Gitarren. Hochspannungsleitungen über Feldlandschaften. Und *manchmal* setzt sich dieser kleine Vogel auf die Saiten und spielt ein leises Lied in Dur. Man kann es hören. Wenn man will, kann man es hören.

Aber dafür sollten wir ab und zu mal die Kopfhörer herausnehmen. Unsere Ohren sind Kopfhörer genug. Eine Wahrnehmung, reduziert auf die reine natürliche Geräuschkulisse. Ein akustisches Aquarell.

Der erste Song auf der Platte: Flughafenrolltreppen. Im Hintergrund leicht gefiltertes Turbinenrauschen. Gesprächsfetzen. Gedämpft, dumpf, schallend, fast wie der Unterwasser-Hallenbadeffekt. Tiefenrausch.

Die schönste Form des gleichmäßigen Rollkofferratterns erfolgt nach dem Verlassen der Flughafenrolltreppe auf diesen geriffelten Metallbodenplatten. Es klingt wie das Schnurren einer exakt zweieinhalb Jahre alten Katze. Lied für Lied hält die Welt für uns bereit.

Die Stille nach dem Orchester. Atemberaubend. Und irgendwo dort oben auf den Wolkenkratzerdächern steht der Altsaxophonist und lässt die Welt unter sich tanzen, lässt die Noten wie Regentropfen auf Dächer plätschern. Ein akustisches Aquarell. Das weltliche Tanztheater taumelt trunken als Tonträger auf Traumtrümmertreibsand.

Jazz ist die Spiegelung auf das Leben. Mehr als Musik, mehr als ein Rhythmus. Jazz ist der letzte Versuch, diese Welt zu verklären und aus dem Selbstverständnis der Asymmetrie eine Kraft zu schöpfen.

„Ich möchte auf deinem Atem schlafen", hast du gesagt. Vielleicht ist es gerade dann Zeit, zu bleiben.

Wir brauchen keine Bühnenbretter und keine roten Vorhänge, um diese Welt zu einem Theater zu machen. Wir haben doch Jazz und Schnaps und uns.

Es gibt keine Bühne. Es gibt keine Dame mit roten Lippen, die an der Hotelbar sitzt und einer alten Jazzband lauscht. Dies ist kein Film. Aber würden Sie mir glauben, wenn ich Ihnen erzählte, dass dort auf dem Hochhausdach ein Saxophonist steht und seine Noten sprühregengleich über die Stadt legt? Dass die schlanken eitlen Straßenlaternen und die beleibten Litfaßsäulen zu seinem Takt Tango tanzen? Würden Sie mir glauben, dass da ein einzelner Mensch vor der Telefonzelle steht und seinen Hut verliert, weil der Saxophonist zu viel Wind aufwirbelt? Dass dieser Trichterschlund eine kleine wunderschöne Welt gebärt? Wahrscheinlich nicht.

In jeder Sekunde legt sich irgendwo auf dieser Welt ein Tonarm auf eine einsame Schellackschulter. In jeder Sekunde tropft eine Note auf den heißen Asphalt und zerfließt in ein akustisches Aquarell. Diese Geschichte begann mit dem zaghaften Zupfen der untersten Gitarrensaite. Nylon. Sie endet mit einer einzelnen Note, die von einem Hochhausdach auf einen Regenschirm prasselt. Nylon.

Manchmal ist es Zeit, zu bleiben.

Die Dame mit dem roten Hut

Eine seltsame Begegnung. Blickkontakt. Ein kurzes Gespräch in phrasenhafter Flüchtigkeit. Und dann, einige Tage später, lagst du schlafend neben mir in meinem Bett. Am nächsten Morgen wachtest du auf, nahmst dir dann den restlichen vorabendlichen Weißwein vom Nachttisch und trankst ihn, so als sei es das Normalste der Welt. Ich sah dich an, schüttelte mit dem Kopf, sagte dir, dass es seltsam wäre, so früh am Morgen schon wieder Wein zu trinken. Da trinke man doch eher Kaffee oder Kakao. Und dann zeigte ich dir die schöne Zuckerdose, die ich von meiner Großmutter geschenkt bekommen habe. Ich weiß, dass es seltsam ist, aber ich habe diesen dringlichen Wunsch verspürt, dass du diese Zuckerdose ansiehst und mich dann aufforderst, dir einen Kaffee zu machen. Aber du sagtest nur, dass du das Verlangen nach trockenem Weißwein verspürst. Du hättest ohnehin kaum geschlafen und da mache es doch keinen Unterschied. Tag und Nacht, was ist das schon? Und dann habe ich genickt, dir einen kurzen Kuss auf die Wange gegeben und bin wieder eingeschlafen.

Einige Minuten später wurde ich vom Kirchglockenläuten wieder wach. Und *du*, du warst fort. Das dachte ich zumindest, ich stand auf, taumelte schlaftrunken ins Wohnzimmer und du saßest dort. Auf meinem alten Sessel. Einfach so. Du hast ein Buch gelesen. Ich weiß nicht mehr, wie dieses Buch hieß, es trug einen wundersamen Titel, daran erinnere ich mich. Und *du*, du hast es gelesen. Im Raum lag der Duft durchzechter Nächte. Kalter Rauch und so etwas wie Sehnsucht. Du schautest mich an, zogst an deiner Zigarette und pustetest den blauen Rauch in meine Richtung. Eigentlich nicht ungewöhnlich, aber irgendwie ...

Na ja, ich muss dazu sagen, dass sie ja nicht irgendeine junge Frau war, sondern eben die Dame mit dem roten Hut. Nun, das stimmt auch nicht. Es war ein schwarzer Hut. Und er saß in seiner selbstverständlichen Bestimmtheit auf deinem Kopf. Ich fragte mich selber, ob du ihn in der Nacht überhaupt abgenommen hattest, ich wusste es nicht mehr. Ich sah in dein liebliches zartes Gesicht und fragte dich, warum dein Hut denn nicht rot sei?

„Warum soll er denn rot sein?"

„Das wäre doch recht hübsch."

„Als wir uns kennenlernten vor einigen Tagen und wir dann vereinbarten, dass wir uns wiedersehen würden, da forderte ich dich auf, einen roten Hut zu tragen, damit ich dich leichter wiedererkennen würde. Ich glaube, ich habe das mal in einem Film gesehen. Da hat es funktioniert. Rote Hüte sind selten geworden. Aber jetzt, wo ich dich so ansehe, muss ich doch feststellen, dass dir dieser schwarze Hut auch recht gut steht."

Warum ich mir solche Gedanken über diesen Hut machen würde, fragtest du mich verwundert.

Eine Antwort blieb aus, denn darauf bin ich erst einige Wochen später gekommen. *Die Dame mit dem roten Hut.* Das warst du für mich. Eine Art

Titel oder Überschrift. Dieser Hut, er hat dir eine gewisse Fiktionalität einverleibt, dich in eine Art Motiv verwandelt. *Der rote Hut.* Du warst eine Geschichte. Eine dieser Geschichten, die man so schreibt. Und du hattest diese Eigenschaften, die ich von einer Dame mit rotem Hut erwartet habe. Der trockene Weißwein, der blaue Dunst, der Duft durchzechter Nächte, deine Stimme, deine Art. Alles an dir entsprach meiner Vorstellung. Dein Charakter war definiert für mich. Ich wusste nicht, wer du bist, und doch glaubte ich, dich zu kennen.

Der rote Hut. Gleichzeitig verlieh er dir eine unnahbare Distanz. Eine Art von Unverletzbarkeit. Aber an diesem besagten Morgen war mir das noch gar nicht so bewusst. Da saß nun diese Frau auf meinem Sessel und sie hatte dieses Buch in der Hand. Dieses Buch mit dem sonderbaren Titel. Plötzlich war da eine zweite Ebene. Nicht, dass mir daran gelegen wäre, Begegnungen in Ebenen zu gliedern, aber irgendwie existierte diese Ebene. In dem Moment, wo du das Buch in deiner Hand gehalten hast, wo du mich dann angeschaut hast, da bist du meiner Vorstellung von dir entflohen. Ich habe mit allem gerechnet. Ich habe gedacht, du würdest jetzt dort an meinem Klavier sitzen und einen ruhigen Blues spielen. Mehr aber noch habe ich damit gerechnet, dass du einfach verschwunden wärst, dass du die Tür hinter dir zugezogen und nichts hinterlassen hättest als einen Zettel mit dem Hinweis, wo wir uns wiedersehen würden. Aber nein, du hast dort gesessen. Auf meinem Sessel.

Mit dem Buch. Mit der Zigarette und mit deinem Weißwein, den Hut tief ins Gesicht gezogen. In diesem Moment hast du deine fiktionale Ebene verlassen, bist einfach hinausgesprungen aus diesem Sprachgewand, in das ich dich gehüllt habe.

Und dann? Du hast dort gesessen und mich angeschaut. Mit einem Blick, der mir sagte, dass ich hier irgendwie fehl am Platze sei und der mich doch gleichsam aufforderte, dich in die Arme zu nehmen. Und das tat ich dann auch. Ich ging zu dir. Stück für Stück. Und dann nahm ich dich in meine Arme und du, du gingst kurz darauf zum Plattenspieler und dann erklang dieser Song. Wir tanzten. Schritt für Schritt für Schritt. Wir tanzten zu diesem ruhigen Rocksong, ließen uns von den Akkorden und der sonoren Stimme des Sängers führen. Schritt für Schritt für Schritt. Wir sahen uns an und wussten, was nun geschehen würde ...

Der Song war vorbei. Begleitet vom Nadelknistern nahmst du deine Handtasche, trankst dann den letzten Schluck aus der Flasche und gingst. Die Tür fiel ins Schloss und mit ihr diese Geschichte.

Irgendwann, viele Tage später, fand ich einen handgeschriebenen Zettel unter meinem Kissen.

„Der erste und letzte Tag", stand darauf. „Schöner hätte es nicht mehr werden können, oder?"

Diesen roten Hut hat es nie gegeben. Einen schwarzen, den gab es. Und der lag jetzt neben dem Plattenspieler. Du hast diese Geschichte verlassen, ohne dass ich sie beenden konnte. Warum?

Nun, nach diesem Tanz sagtest du, du hättest da vorher dieses Bild von mir gehabt. Ich sei der Mann mit der Schreibmaschine gewesen, und in dem Moment, wo ich getanzt habe, hätte ich meine Rolle verlassen, diese ganze Distanz verschwinden lassen. „Was nützt mir denn der rote Hut, wenn du doch tanzt." „Ich habe Angst vor Nähe", sagte sie, „genau wie du". Die Dame mit dem roten Hut. Weg ist sie. Und es bleibt der Duft durchzechter Nächte, ein Rocksong in Endlosschleife, Kristallzucker und ein Rest von schwarzem Kaffee.

Der Mann aus dem Erdgeschoss

Eine alte Türe. Rundbögen. Die äußere mattgrüne Fassade von leichten Rissen durchzogen, spröde und verwittert. Vor dem Haus steht eine einsame Laterne. Nachts wirft sie ihr zitterndes Licht auf die Hausfassade. Vier Fenster zur Straßenseite. Geblümte Gardinen. Die oberen Fensterbänke sind schlicht, ungeschmückt. Nur am Fenster neben mir schützen drei Porzellanpuppen die Wohnung vor Wärme. Weiße Porzellanpuppen mit rauer Textur und kreisrunden Augen. Ihr Blick Richtung Straße. Sie wachen, horchen. Blassweiße Gesichter im Laternenlicht.

Ich bin der Mann aus dem ersten Stock. Wenn ich das Treppenhaus betrete, dann glaube ich oft alleine am Geruch zu erkennen, dass ich hier zuhause bin. Der dumpfe Geruch meines Hauses. Ich kenne ihn. Seit Jahren. Die einzelnen Düfte verändern sich. Aber es bleibt der Geruch des Hauses.

Schon lange wohne ich in diesem Haus. Seit sieben Jahren. Meine Wohnung verlasse ich selten. Ich habe die Bewohner des Hauses noch nie erblickt, geschweige denn jemals mit ihnen gesprochen. Mir fehlt jegliche Vorstellung ihrer Gesichter, ihrer Persönlichkeit, ihrer Erscheinung. Aber ich würde sie erkennen. Draußen auf der Straße würde ich sie erkennen.

Gegenüber wohnt eine alte Dame. Die meiste Zeit sitzt sie vor dem Fenster. Sie sitzt dort und schaut nach draußen, verstellt die Antenne ihres alten Radiogerätes, dreht an dem geriffelten Rädchen und sucht so etwas wie Vertrautheit. Das stelle ich mir zumindest so vor. Dass sie überhaupt existiert, weiß ich nur, weil es im Treppenhaus nach Putzwasser duftet. Weil es dort immer nach Putzwasser duftet. Nach Seifenlauge und nach alter Dame. Im Winter, wenn die nassen Fußsohlenspuren der anderen Bewohner das Treppenhaus zieren, dann lässt sie diese Spuren mit warmem Wasser verschwinden. Dann wirkt es, als seien diese Spuren nie dagewesen. Als würden diese Treppen zum Himmel führen. Ich habe diese Treppen nie betreten.

Wenn ich nach Hause komme, lasse ich die Tür leise ins Schloss fallen. Am Abend wird die Haustüre abgeschlossen. Behutsam öffne ich meinen Briefkasten. Im Flur steht ein Kinderwagen und eine Schneeschaufel. Mich gibt es nicht. Man weiß, dass ich existiere. Ich habe eine Fußmatte und ein Messingschild neben meiner Türe. Dann und wann schimmert warmes Licht durch den Türspalt. Aber es gibt mich nicht. Ich bin nur der Mann aus dem Erdgeschoss.

Es zieht. Die Fenster sind verschlossen. Es muss von der Decke kommen. Über mir wohnt ein Dirigent. Das vermute ich zumindest. Er scheint zu üben, probt womöglich seine Inszenierung für das Staatsorchester. Mit wilden Gesten, schwungvoller Dynamik und fiebrigen Armschwüngen scheint er sich auf die Symphonie vorzubereiten. Ja, er muss Dirigent sein. Es zieht. Wenn ich nachts in meinem

Bett liege, die Augen schließe, scheint mir, ich könne die einzelnen Instrumente heraushören, jede Klanganhebung, jedes einzelne Intermezzo. Nur anhand der Luftzüge. Ich habe kein Bild von diesem Herrn. Aber draußen würde ich ihn erkennen.

Dann würde ich ihn anschauen und genau wissen, wer er ist. Ich kenne ihn seit Jahren. Und er würde mich ansehen und wüsste von nichts. Aber ich, ich würde ihn erkennen. An seiner Schrittfolge, an seinem Geruch, an seinem Rhythmus. Ich würde wissen, dass er in dem mattgrünen Haus mit der rissigen Fassade wohnt, dass er Brahms mag, dass er jeden Morgen die Zeitung bekommt, dass er jedes Mal nach Verlassen der Wohnung nachsieht, ob die Tür auch richtig verschlossen wurde. Ich würde wissen, dass er sonntags Lederschuhe trägt und in die Kirche geht.

Aus der Wohnung gegenüber dringt ein vertrauter angenehmer Geruch unter dem Türspalt hervor. Grünkohl. Die Fußspuren sind fort. Es duftet nach Grünkohl und Lavendel. Ich sollte mal die Treppe hochgehen. Vielleicht führt diese Treppe zum Himmel.

Im Innenhof des Hauses stehen drei Mülltonnen. Daneben, angelehnt an die bemooste Fassade, ein blauer Müllsack. Aus den kleinen Rissen schauen die Spitzen von Tannenzweigen hervor. Er liegt schon lange dort. Im Innenhof steht eine Bank. Wenn man dort sitzt, dann können einen alle Bewohner aus ihren Schlafzimmerfenstern heraus beobachten. Ich sollte mich mal dort hinsetzen, auf die Bank. Im Sommer. Das sollte ich. Noch ist viel Zeit.

Heute Morgen habe ich gehört, wie der Dirigent sich mit der alten Dame unterhielt. Viel habe ich nicht verstehen können, aber ich glaube, es ging um einen Zweitschlüssel. Von mir hat niemand einen Zweitschlüssel. Niemand. Dass ich existiere, wissen diese Menschen nur, weil ich eine Fußmatte habe. Neben meiner Tür klebt ein Messingschild. Dann und wann schimmert Licht unter dem Türspalt hervor. In den matschigen Fußspuren im Treppenhaus findet man Rückstände von Streusalz. Sobald die Menschen durch das Haus laufen, hört man die Sohlen knistern. Salzreste in Tauwasserpfützen. Knisternde Sohlen. Aber am nächsten Morgen sind sie fort, die Spuren zum Himmel. Dann duftet es nach Putzwasser. Nach alter Dame und Grünkohl.

Ich liege mit geschlossenen Augen auf der Couch und lausche den Windzügen des Dirigenten. Unter mir im Keller surrt die alte Waschmaschine. Ein blechernes, dumpfes Geräusch. Das Geräusch meines Hauses.

Es zieht. Draußen liegt Schnee. Ich sollte die Hyazinthen gießen. Auf meiner Fensterbank sitzt ein Zinnsoldat. Durch die Gardinen schimmert schwaches Tageslicht. Es riecht nach Putzwasser und Grünkohl, nach kaltem Qualm und nach Leder. Im Winter tragen die Menschen Stiefel. Rauch erkaltet. Im Innenhof steht ein blauer Müllsack. Über mir lebt der Dirigent. Die Waschmaschine rotiert.

Eine Treppe führt zum Himmel. Draußen wirft die einsame Laterne ihr zitterndes Licht auf den bröckelnden Putz der Fassade. Ich bin der Mann aus dem Erdgeschoss.

Das Fenster

Vor einigen Jahren, da hat er ihr erzählt, dass er in einem Café seinen Schal vergessen habe. Danach sei er nie wieder aufgetaucht. Ob ein anderer Gast ihn mitgenommen habe oder ob er einfach spurlos verschwunden sei, das wüsste er nicht. Irgendwann hat er sich damit abgefunden und sich einen neuen Schal gekauft. Und dann, einige Zeit später, da fand er den alten Schal auf der Kommode. Er lag die ganze Zeit dort.

Gestern hat sie ihm erzählt, dass sie ihr Vertrauen verloren habe. Es sei einfach fort. Nach all den Jahren verschwunden.

„Dein Vertrauen? So weit kann es nicht sein. Hast du das Fenster aufgelassen? Vielleicht ist es hinausgeflattert? Wir werden es bestimmt bald finden."

Und dann hat er gesagt, dass es nicht so schlimm sei. Er erinnerte sie an die Geschichte mit dem Schal und daran, dass er nach all den Jahren einfach plötzlich wieder dort gewesen sei. Auch ein paar Handschuhe habe er verloren. Irgendwo. Die Handschuhe sind schon lange fort.

„Vielleicht hat dein Vertrauen sie mitgenommen, vielleicht war ihm kalt. Und jetzt sitzt es dort draußen. Irgendwo. Und sucht Schutz."

Man verliert die Dinge. Einfach so. Wie einen Regenschirm oder einen Hut. Plötzlich sind sie fort und man sucht und sucht. Und irgendwann nach vielen Jahren, wenn man den Verlust hingenommen hat, dann findet man die Dinge wieder. Einfach so. In einer Schublade.

Und dann hat er ihr Vertrauen gesucht, in der ganzen Wohnung, hat alle Schränke geöffnet, im Speicher geschaut und alle Kisten durchwühlt. Aber da war nichts.

„Bestimmt ist es hinausgeflattert. Aus dem offenen Fenster. Du hast vergessen, es zu schließen. Das vergisst du öfter in letzter Zeit. Lass uns doch mal draußen schauen. Vor einiger Zeit, ich war damals noch ein Kind, da ist mein Wellensittich aus dem offenen Käfig geflattert, durchs Fenster, und dann haben wir tagelang gehofft, dass er wiederkommen würde. Und tatsächlich, nach einigen Wochen da saß er wieder auf dem Fenstersims."

Am nächsten Morgen suchten sie draußen. Sie sind die ganze Allee entlanggeschlichen, haben gerufen und Handzettel verteilt. In den Briefkästen. Vereinzelt haben sie Plakate auf Litfaßsäulen geklebt.

Und dann haben sie die Leute auf den Straßen gefragt.

„Entschuldigen Sie, haben Sie das Vertrauen gefunden?"

„Wie sah es denn aus?"

„Nun, das ist schwer ... Das Vertrauen, es wirkt irgendwie ganz unscheinbar, recht unaufdringlich, es ist einfach da, in einer gewissen Form von Selbstverständlichkeit. Es klingt ein wenig wie diese Spieluhren. Kennen Sie die? Die mit dem schönen Rädchen zum Aufziehen." Und dann summte er ihnen die Melodie vor, die Melodie seiner alten Spieluhr. „Ach ja", sagte er, „ich schätze, dass es Handschuhe trägt. Graue Handschuhe. Haben Sie es gesehen?"

„Nein. Es tut mir sehr leid."

Sie suchten dann noch einige Tage nach dem Vertrauen. Aber es schien spurlos verschwunden zu sein. Einfach so.

Und dann, einige Zeit später, saß er morgens am Frühstückstisch und blickte mit seinem morgendlichen müden Blick auf den Teller voller Brotkrumen und Kalkschalen. Und dann sah sie ihn an und flüsterte ihm zu, dass sie ihre Liebe verloren habe.

Er erwiderte, dass sie wohl langsam vergesslich werde. „Noch vor einigen Tagen haben wir dein Vertrauen gesucht, und jetzt verlierst du deine Liebe. Du wirst alt." Er gab ihr einen Kuss auf die Stirn und sagte, dass er sie wohl bald finden werde. Sie würde bestimmt in der Schlafzimmerkommode liegen, in der rechten Schublade.

„Wie sieht sie denn aus?"

„Ich weiß es nicht. Aber sie sah mal so aus wie du."

Er blickte in den Spiegel im Flur. Es war noch früh am Morgen. Der Abdruck des Schlafkissens zierte seine rechte Wange, sein Blick war träge und irgendwie erschien ihm die Stirn ein wenig faltiger als sonst.

„Nun, bist du sicher, dass sie mir ähnlich sieht?"

Sie fing an zu zittern.

„Vor einigen Monaten, da wusste ich doch, was passiert war. Es war dieser Duft, der dir anhaftete. Der Geruch von fremdem Schweiß und Parfum, von Scham und Zweifel. Du kamst abends durch die Tür und ich wusste, was passiert ist. Und du hast nichts gesagt. Kein Wort. Du hast dich zu mir gelegt unter die Decke, hast dich an mich geschmiegt und mich an deinen Körper gepresst. Fester als sonst. Bestimmter. Bewusster. Du hast mir gesagt, dass du mich brauchst. Also bin ich geblieben. Aber ich fing langsam an, meine Augen zu schließen. Von Tag zu Tag. Immer den Bruchteil einer Sekunde mehr. Wenn du mich angesehen hast und mich an dich gepresst hast, mit deinen zitternden Händen. Und irgendwann blieben sie geschlossen, die Augen. Und immer wenn dann morgens früh die Tür hinter dir ins Schloss fiel, wusste ich, wie du abends riechen würdest. Nach Scham und nach Zweifel. Aber ich bin geblieben."

„Warum bist du geblieben?"

„Vermutlich, weil ich mir früher auch einen Menschen gewünscht hätte, der geblieben wäre. Einfach so. Und weil ich wusste, dass du mich brauchst. Sieh doch, die Menschen, sie kommen und gehen. Tagein und tagaus. Ich weiß, dass du im Grunde deines Herzens immer bei mir bleiben wolltest."

Und dann wurde ihm irgendwie klar, dass er ihr Vertrauen und ihre Liebe wohl nicht in der alten Schublade finden würde.

„Es ist schon seltsam", sagte er. „Mein ganzes Leben habe ich eigentlich nie so richtig für etwas kämpfen müssen. In einer gewissen Form der Selbstverständlichkeit haben sich immer alle Dinge recht passabel zusammengefügt. Ich habe mich nie mit dem Begriff „Verlust" auseinandergesetzt. Nun, immer wenn ich diese Türe aufgeschlossen habe, dann wusste ich, dass du im Wohnzimmer sitzen und dort auf mich warten würdest. Mein ganzes Leben war bisweilen immer von einer subtilen Leichtigkeit geprägt, die jeglichen Zweifel gar nicht erst entstehen ließ. Eine Leichtigkeit, die nie forderte, mich mit mir selbst auseinanderzusetzen, die mir jeglichen Zweifel erst gar nicht ermöglichte. Das Glück, es macht wohl etwas träge.

Und dann hat sie gesagt, dass ihr Vertrauen wohl nicht mehr wiederkäme. Auch die Liebe bliebe wohl fort. Das hat sie gesagt.

Er hat dann seinen Teller ein Stück zur Seite gerückt, ist daraufhin zum Fenster gegangen und hat es geschlossen. Auf der Fensterbank stehen zwei Primeln, darunter liegen zwei Handschuhe über dem Heizkörper.

Man verliert die Dinge. Einfach so.

Einsichten eines herabstürzenden Mannes

Während er sich in imposanter Geschwindigkeit dem Erdball näherte, beschloss der Fallschirmspringer, dass er nun fortan einiges ändern wolle. Er wolle zurückkehren, ja, er wolle mit seiner Frau reden, er wolle die Kinder endlich wiedersehen und sich kümmern. All das dachte sich der Fallschirmspringer, während er sich in imposanter Geschwindigkeit dem Erdball näherte.

Als die unter ihm liegende Landschaft zunehmend an Kontur gewann, da beschloss er, den Fallschirm zu öffnen. Gleich, da wolle er ihn endlich öffnen. Nur noch wenige Meter.

Und während sich der Fallschirmspringer in imposanter Geschwindigkeit dem Erdball näherte, beschloss er, seinen Beschluss einzuhalten.

Dann zog er an der Leine.

    Dann zog er an der Leine.

        Dann zog er an der Leine.

Der Fallschirm öffnete sich und der Mann schwebte nun über den Feldern, tanzte taumelnd durch die Lüfte. Es scheint, als erschlössen sich manche Dinge doch oft nur mit dem gewissen Abstand. Die Welt so von oben betrachtend, beschloss er, sein Vorhaben einzuhalten.

Er wolle mit seiner Frau reden, mit den Kindern. Er wolle sich kümmern und fortan ein guter Ehemann und Vater sein.

Dann landete er.
                        Dann landete er.

Am nächsten Tag starb der Mann an einem Herzinfarkt.

Das ist eine sehr traurige Geschichte, werden Sie vermutlich sagen. Immerhin hatte der Fallschirmspringer Einsicht. Verzeihen Sie mir.

Holzleim

Während sich der Fallschirmspringer in imposanter Geschwindigkeit dem Erdball näherte, betrat seine Frau das Kellergewölbe im Haus.

Früh am Morgen, kurz nach dem Erwachen bemerkte die Frau, dass ihr Herz zerbrochen war. Sie ging in den Keller, um in der Werkstatt ihres Mannes etwas Flickwerk und den Eimer mit Holzleim zu besorgen, doch kurz nach dem Öffnen der Türe erstarrte sie und fiel zu Boden.

Dies ist eine sehr traurige Geschichte, werden Sie vermutlich sagen. Eine Frau mit gebrochenem Herzen, das ist wahrlich immer eine sehr traurige Geschichte. Aber wenigstens ist es nun weniger bedauerlich, dass der Fallschirmspringer einen Infarkt erlitt. Immerhin hatte er zu verantworten, dass seine Frau an gebrochenem Herzen starb. Jetzt sind sie wenigstens quitt.

Nun, lassen wir das so stehen. Bedenklich bleibt es.

Manches bleibt

Ich erinnere mich, als sei es gestern gewesen. Ich war ein kleiner Junge von nicht mehr als zehn Jahren und hielt dieses Buch in meinen Händen, ein unbeschreiblich altes Buch. Die dünnen vergilbten Seiten lösten sich bereits teilweise aus dem Einband. Einen Tag zuvor kaufte ich es einem alten Mann auf dem städtischen Flohmarkt ab. Er erzählte mir, dass ich es besser nicht kaufen sollte, da es unfassbar langweilig für einen Jungen in meinem Alter wäre. Ein Wanderer würde darin Berglandschaften beschreiben und seine lange Reise durch die Gebirge Südamerikas schildern.

Nun, im Nachhinein kann ich sagen, dass solch eine Ehrlichkeit mir bis heute unvergleichbar geblieben ist. Ich habe diesen Mann damals gefragt, ob denn auch Bilder in diesem Buch seien, und er sagte nur: „Nun, sieh doch nach." Ich öffnete also das schwere dicke Buch, klappte es ziemlich mittig auf und blätterte durch die Seiten. Ich weiß nicht warum, aber irgendwie gefiel es mir. Bilder waren dort wirklich keine zu sehen, aber irgendetwas hatte dieses Buch an sich, was mich auf sonderbare Art einnahm. Ich kaufte es dem Herren also für ein paar wenige Pfennige ab. Dieser Mann schien ein sehr schlechtes Gewissen zu haben, jedenfalls sagte er mir, dass, wenn es mir nicht gefiele, was er stark annähme, ich es nächstes Jahr zurückbringen könne, er wäre dann wieder an diesem Ort. Ich willigte ein und verabschiedete mich höflich.

Zuhause angekommen, konnte ich es kaum abwarten und ging sofort mit dem Buch auf mein Zimmer, zog die Vorhänge zu, schaltete die kleine Lampe auf meinem Nachttisch an und legte mich ins Bett. Es war ein wirklich wunderschönes altes Buch, dem ein mir sehr vertrauter Geruch unseres alten Speichers anhaftete. Die Seiten waren ein wenig klamm und der Einband wies leichte Spuren von Schimmel auf. Ich nahm ein Taschentuch und strich damit vorsichtig über den Buchdeckel. Dann öffnete ich die Klappe und plötzlich fiel ein Foto heraus. Ich schätze, es hatte einmal als Lesezeichen gedient.

Auf diesem Bild war ein kleiner Junge abgebildet. Ich zeigte das Foto dann irgendwann meiner Mutter und diese fragte mich, ob ich heimlich auf dem Speicher war und in den alten Fotoalben geblättert hätte.

„Da warst du fünf", sagte sie, „und dein Vater, er schob dich in der alten Schubkarre durch den Garten".

„Nein", sagte ich. „Dieses Foto, es steckte in dem Buch."

Und dann wurde mir bewusst, dass dieses Buch, welches damals scheinbar achtlos weggegeben wurde, auf sonderbare Art und Weise seinen Weg zurück zu mir gefunden hat. Ein Foto, mit einem kleinen Jungen in einer Schubkarre, direkt vor einem Haus im Wald. Ein wunderschönes altes Haus.

„Da haben wir gewohnt, als du noch klein warst", sagte meine Mutter.

Das ist nun viele Jahre her. Und erst kürzlich stand ich wirklich dort. Stand ich dort. Vor dieser Türe. Unserer alten Haustüre. Ich habe in den Landkarten nachgeschaut, und dann bin ich hierhin gekommen. Derselbe alte Weg und dasselbe alte Haus. Dieselbe alte Tür.

Und in diesem Moment kam alles wieder: das gleichmäßige Knattern des Rasenmähers, frisch gemähtes Gras, dieses Aroma in der Nase, die Augen eines Vaters, der voller Stolz seinen Sohn mit einer Schubkarre durch den Garten schob, das Bellen des Nachbarhundes, das Quietschen der Scheunentürscharniere und diese grüne Gießkanne.

Vorsichtig strich ich mit meinem Finger über die Haustüre. Da merkte ich, dass diese soeben frisch lackiert wurde und ich nun Farbe am Finger hatte. Vorsichtig klopfte ich an der Tür. Niemand öffnete, die Tür stand einen Spalt offen, ich ging also hinein und irgendwann fand ich mich dort wieder, hier auf dem alten Dachboden. Ich strich zaghaft mit dem Finger über den Fachwerkbalken, als ich plötzlich eine kleine Einbuchtung im Holz verspürte. Eine Kerbe im Holz.

Eine Kerbe im Holz, die über all die Jahre erhalten geblieben ist. Eine letzte Bastion von „Es war einmal", ohne den Anfang eines Märchens schreiben zu wollen. Manchmal bleibt nicht viel übrig, außer einer Kerbe. Die Zeit, sie hat sich hier eingenistet. Wie ein kleiner Vogel hat sie sich ein Nest gebaut und sich schlafen gelegt.

Vorsichtig riss ich mit dem Finger ein Stückchen von sich langsam ablösendem, blätterteiggleichem Lack an der Türe ab. Was blieb, war eine kahle Stelle, ein Farbriss, eine Narbe. Häuser haben Narben. So wie Menschen Falten haben, wenn sie älter werden – kleine Kaligraphien, die uns die Zeit in die Haut zeichnet.

Es war einmal ein Mauerwerk, gebaut aus Stein
und Lehm
Vieles geht und vieles fällt, doch Häuser bleiben
stehen
Tragen unsere Spuren in sich, Falten und Narben
Als Erbe der Zeit, in all ihren Farben

Farbe verändert sich. Die Türen werden immer neu lackiert, so wie Menschen ihr Rasierwasser wechseln oder man im Hause die Möbel umstellt, wenn man Veränderung herbeiführen möchte. Aber neue Farbschichten verändern nie das Material, denn wenn man irgendwann mit Schmirgelpapier den Lack der letzten Jahre abschleift, dann steht man letztendlich doch wieder vor demselben Holz. Vor derselben alten Türe, mit derselben alten Klinke. Das Wesen eines Hauses, der Geruch des Hauses, er wird bleiben. Geschichte bleibt.

Anachronismen dieser Welt. Jeder kleine Riss, jeder Sprung im Fachwerkbalken ein beständiges Zeichen von wundervoller Zerlebtheit.

Und hier, im klammen Speicher auf dem knatternden Dielenboden, stand nun dieser kleine Soldat. Eine alte Zinnfigur. Ein Zinnfigurenzeitsoldat. Ein zehrender zukunftszähmender Zeitzeuge in Zinnober. Vielleicht versuchte er, mit nicht mehr als einer alten Taschenuhr bewaffnet, die Sekunden einzufangen.

Es war einmal ein Indianer, Klein-Adlerauge mit dem Schnitzmesser. Es war einmal ein Vater, der seinen Sohn mit der Schubkarre durch den Garten schob. Es war einmal Heimat.

Es war einmal ein Mauerwerk, gebaut aus Stein
und Lehm
Vieles geht und vieles fällt, doch Häuser bleiben
stehen
Tragen unsere Spuren in sich, Falten und Narben
Als Erbe der Zeit, in all ihren Farben

Es war einmal Heimat. Es bleibt Heimat. Auf dem Flohmarkt sitzt auch weiterhin tagtäglich ein Mensch, der Bücher über Bergwanderpfade verkauft, Dachbodenfunde, „Der Schatz im Silbersee" und alte Zinnsoldaten. Und tagtäglich freut sich ein kleiner Indianer, wenn er heimlich Schätze findet. Wir zeichnen unsere Fußspuren in Häuserzeilen. Wir schreiben Geschichte. Häuser sind Häuser. Kerben sind Kerben. Indianer sind Indianer und Gießkannen sind grün.

Der Tag, an dem Herr Jakob vom Fenster verschwand

Dies ist die Geschichte von Herrn Jakob. Herr Jakob hatte drei Eigenschaften.

Zum einen hatte er eine große Vorliebe für Erdbeermarmelade – ganz besonders dann, wenn sie stellenweise noch fast ganze Früchte in sich verbarg. Zum anderen hatte Herr Jakob keinen Vornamen. Seine Eltern nannten ihre drei Kinder: Heinrich, Josef und Herrn Jakob. Und zu guter Letzt ... nun, Herr Jakob trägt keinen Hut, was vermutlich eher wie eine fehlende Eigenschaft wirkt. Aber wenn man wirklich nie einen Hut trägt, dann ist es vermutlich eine Eigenschaft.

Als er an einem Sonntagmorgen die Türen seines Kellers öffnete, da fand er neben all den Kartons mit Fotos und Postkarten, den Blumentöpfen und seinem Werkzeug ein altes, leicht verrostetes Herrenfahrrad.

Und dann, am nächsten Morgen war Herr Jakob fort. Denn, wie gesagt, manchmal verschwinden die Menschen. Einfach so. Von seinem Verschwinden merkte man jedoch erst, als die Nachbarin vom Haus gegenüber feststellte, dass die Geranien auf der Fensterbank verwelkt waren. Herr Jakob goss sie jeden Morgen. Stets zur selben Uhrzeit. Und stets goss er nur sieben Tropfen auf seine Pflanzen. Einfach, weil er es mochte, sie jeden Tag zu gießen, und sie nicht überwässern wollte. Zuerst schob er die Gardinen beiseite, um ein wenig Licht in die Wohnung zu lassen, dann nahm Herr Jakob seine Gießkanne und tropfte vorsichtig ein wenig Wasser auf die Erde.

Als seine Kinder eines Tages seinen Keller ausräumten, da fanden sie in einem der Porzellantöpfe einen Brief. Doch ich möchte an dieser Stelle nicht verraten, was dort geschrieben stand.

Jedenfalls erzählt man sich, dass Herr Jakob sein altes Fahrrad nahm und einfach verschwunden ist.

Herr Jakob hatte eine große Leidenschaft. Er sammelte Träume. Als er vor langer Zeit noch ein kleiner Junge war, hatte er in einem Buch etwas über Traumfänger gelesen. Da er den Text nicht richtig verstehen konnte – dafür war ihm die Sprache noch etwas zu abstrakt und Bilder waren in diesem Buch auch nicht abgebildet –, war der kleine Herr Jakob gezwungen, sich den Traumfänger in seiner Phantasie auszumalen. Er stellte ihn sich vor wie eine Art Fischernetz. Und wenn man Herrn Jakob eventuell noch eine vierte Eigenschaft zusprechen kann, dann die, dass er sehr konsequent war. Und so kam es, dass er mit dem Beginn seines fünften Lebensjahrs jeden Morgen nach dem Aufwachen sein Fischernetz nahm, sich neben sein Bett stellte und begann, seine Träume aufzufangen. Dann nahm er ein Glas Erdbeermarmelade, löffelte es aus – und glauben Sie mir, das fiel ihm nicht schwer –, spülte das Glas und schloss dann seine Träume darin ein. Er hätte auch andere Behältnisse nehmen können, aber Herr Jakob war schließlich nicht auf den Kopf gefallen und so hatte er nun endlich einen Vorwand, jeden Tag ein ganzes Glas Erdbeermarmelade zu essen.

Die Frau vom Haus gegenüber – und ja, bevor Sie nachfragen, auch das war ihr richtiger Name –, sie konnte jeden Morgen vom Fenster aus beobachten, wie Herr Jakob sein Fischernetz durch die Luft schwang. Selbst wenn Herr Jakob einmal nicht geträumt hatte, dann versuchte er danach trotzdem, die Träume zu fangen. Er wusste ja, dass er ein schlechtes Gedächtnis hatte, und so glaubte er, dass er sie dann irgendwann bei genauerer Untersuchung betrachten würde. Er hatte ein Mikroskop, das sein Vater ihm geschenkt hatte, als er noch klein war. Zusammen mit einem Brief. „Lieber Herr Jakob, zum Geburtstag alles Liebe der Welt. Viel Freude beim Forschen und Erkunden. Dein Vater."

Herr Jakob hat sich damals fest vorgenommen, dass, wenn er genügend Träume eingefangen hätte, er sie eines Tages in Ruhe untersuchen wollte. Er würde sie dann ganz vorsichtig und behutsam mit einer Pinzette aus den Gläsern nehmen, so wie er das in der Schule gelernt hatte, sie dann auf die kleine Metallplatte unter die Linse legen und sie anschließend ganz genau untersuchen. Er war schon ein sehr neugieriger Mensch, dieser Herr Jakob. Seit seinem fünften Lebensjahr sind mittlerweile sechzig Jahre vergangen

Nun war Herr Jakob jedoch fort. Hin und wieder erzählt man sich seine Geschichte. Die Geschichte vom Tag, an dem Herr Jakob vom Fenster verschwand.

In allen Ort und Ländern dieser Welt erzählt man sich, man hätte ihn gesehen. Er wäre mit seinem alten klapprigen Fahrrad über die Landstraße gefahren und hätte in den einzelnen Dörfern und Städten Rast gemacht. Überall hat man ihn gesehen, in Cafés, Restaurants, Büchereien, Bahnhöfen, auf Parkbänken. Überall.

Er wäre sehr höflich gewesen, dieser Herr Jakob. Er habe nicht mehr als eine warme Mahlzeit gewollt und eine Übernachtung, dafür, habe er versprochen, wolle er ein wenig bei der Gartenarbeit helfen oder sich im Haushalt nützlich machen.

All die Gläser hatte er mitgenommen auf seine lange Reise und sie in einem Anhänger hinter sich hergezogen. Aber da bereits die ganze Welt über Herrn Jakob berichtete, war man sehr stolz und glücklich über sein Erscheinen und so war es für alle Menschen eine Selbstverständlichkeit, Herrn Jakob einfach so bei sich übernachten zu lassen. Auch gab man ihm sehr, sehr viel zu essen, weil natürlich alle Menschen in Erinnerung bleiben wollten und sich sogar heimlich erhofften, dass ihre Mahlzeiten in Herrn Jakobs Träumen auftauchten sollten. Was normalerweise dazu geführt hätte, dass er in kürzester Zeit sehr schnell dick geworden wäre, aber da er ja stets die weiten Strecken auf seinem Fahrrad fuhr, passierte das nicht.

Hin und wieder fragten die Menschen, ob Herr Jakob nicht auch ihre Träume einfangen wolle. Es passierten seltsame Dinge. Die Menschen gaben sich besonders viel Mühe, etwas sehr Schönes zu träumen. Bevor sie schlafen gingen, schauten sie sich dann alte Fotos aus ihrer Kindheit an, hörten ihre alten Schallplatten oder dachten ganz intensiv an ihre Vergangenheit. Die Menschen widmeten ihren allerliebsten Habseligkeiten sehr viel Zeit, weil sie hofften, dass Herr Jakob ihre Träume als besonders wertvoll empfinden würde.

Aber als Herr Jakob danach stets ablehnte, ihre Träume einzufangen, waren sie sehr enttäuscht. Sie schimpften und fluchten über Herrn Jakob, manche Menschen waren so traurig und empört, dass sie ihn mitten in der Nacht aus seinem Schlafgemach vertrieben, aber als Herr Jakob dann am nächsten Morgen fort war, schienen die Menschen trotzdem irgendwie sehr glücklich zu sein. Es schien so, als hätten sie es sehr genossen, sich mal wieder an die Dinge zu erinnern.

Nach vielen langen Jahren hörte man jedoch immer weniger von Herrn Jakob. Eines Tages fand ein kleiner Junge am Rand der Landstraße sein Fahrrad. Fast jeder Mensch wusste natürlich, wie sein Fahrrad aussah, da man über ihn sehr oft in der Zeitung las oder einfach weil man sich diese Geschichte sehr oft erzählte.

Irgendwann fand man in einer nahegelegenen Scheune all die Konfitüregläser. Sie waren beschriftet. Chronologisch nach Datum. Tag für Tag, Monat für Monat, Jahr für Jahr. Dreiundzwanzigtausendsiebenhundertfünfundzwanzig Gläser.

Seit fünfundsechzig Jahren sammelt Herr Jakob seine Träume. Nun ist Herr Jakob fort.

Man erzählt sich, dass er, da er ja nun irgendwann damit beginnen musste, all diese Träume zu untersuchen, mit dem Sammeln aufgehört hätte. Dann sei er in die alte Scheune gegangen, habe sich zurückgezogen und das allererste Glas geöffnet. Er habe sich so sehr auf die Erforschung seines Traums gefreut, dass er sich bereits ausmalte, was sich in dem Glas verbergen könnte.

Dann machte er sich ein kleines Lämpchen an und setzte sich auf den Holzstuhl. Er öffnete das Glas, nahm die Pinzette, legte den Traum vorsichtig unter das Mikroskop und dann ...

Niemand weiß, ob Herr Jakob wirklich seinen Traum sehen konnte. Niemand weiß, ob Herr Jakob wirklich schon als Kind Herr Jakob hieß. Und niemand weiß, ob die Frau vom Haus gegenüber, die auch keinen richtigen Namen hatte, wirklich gesehen hat, wie Herr Jakob mit dem Fischernetz durch die Wohnung lief.

Nun, alles, was man weiß, ist, dass es den Tag gab, an dem Herr Jakob vom Fenster verschwand, und dass man eines Tages beim Ausräumen seines Kellers fragte, wo das alte Fahrrad sei und wohin all die Konfitüregläser verschwunden wären. Dass man einen Brief fand, in dem nur stand, man solle ihm den Gefallen tun und neue Geranien auf die Fensterbank stellen.

Wenn Sie sich fragen, was es mit der Frau vom Haus gegenüber auf sich hat ... Ob sie denn auch eine Geschichte habe. Ganz bestimmt. Aber die kann ich Ihnen nicht erzählen. Da müssen Sie wohl Herrn Jakob fragen. Vielleicht finden Sie ihn.

Der Seiltänzer

Drei Kinder stehen mit einem Hund in der Landschaft.

„Bemühe doch einmal deine Phantasie", sagte der Jüngste zu seinem großen Bruder. „Komm, wir spielen Zirkus."

Da nahm der Kleinste den Schuh des ältesten Bruders, zog ihn an und sagte:

„Seht her, ich bin ein Clown."

Der Zweitälteste sah den Hund an, nannte ihn einen Löwen, führte ihn an der Leine und sagte:

„Seht her, ich bin ein Dompteur."

Der älteste Bruder sah auf die Hochspannungsleitungen und kletterte daraufhin auf das Gerüst des riesigen Strommastes.

Sie ahnen bereits, was nun folgt.

Doch Gott sei Dank waren die Leitungen stillgelegt. Der städtische Stromversorger hatte sie kurz zuvor außer Betrieb genommen. Welches Glück für unseren Seiltänzer!

Leider änderte all dies nichts an der Tatsache, dass der Junge keinen besonders ausgeprägten Sinn fürs Gleichgewicht hatte.

Am nächsten Tag stand in den hiesigen Zeitungen vom wagemutigen Dompteur und dem lustigen Clown nichts geschrieben.

Zündhölzer

Im Stadtpark beraten sich zwei rauchende Männer zur Lage der Nation.
„Es geht bergab", sagte der eine.
„Ja", sagte der andere.
„Früher hätte es das nicht gegeben."
„Niemals."
„Was können wir tun?"
„Wir sollten rauchen."
„Man kann gar nicht genug rauchen."
Da zündeten die Männer sich mit dem vorletzten Zündholz eine Zigarette an und verschwanden.
Die Tragik dieses Moments wird durch den Einsatz eines Orchesters untermauert. Das Wort „niemals" sollte zusätzlich mit entsprechender Wut intoniert werden. Im Orchestergraben wird der Dirigent vom imposanten Einsatz eines Bläsers so sehr überrascht, dass er kurzerhand seinen Hut verliert.
Sachen gibt's.

Zündhölzer II

Zwei Männer sitzen am Tresen.
„Kalt ist es draußen."
„Sehr kalt."
„Hält ja keiner aus."
„Da sagst du was."
„Hast du schon Heizöl gekauft?"
„Heizöl ist teuer."
„Brennholz sollte man kaufen."
„Brennholz ist teuer."
„Sehr teuer."
„Was können wir tun?"
„Wir sollten rauchen."
„Man kann gar nicht genug rauchen."

Da zündeten die Männer sich mit dem letzten verbleibenden Zündholz ihre Zigaretten an und verschwanden.

Die Komik dieses Moments wird durch das Erscheinen eines dritten Mannes untermauert, der kurz vor dem Verschwinden der anderen Männer in die Kneipe gelaufen kommt. Er heißt Sergej und hat eine sehr, sehr große dicke Kartoffelnase.

Sachen gibt's.

Zündhölzer III

Ein weiterer Dialog findet nicht mehr statt. Aufgrund eines fehlenden Zündholzes legen beide Männer ihren Kopf auf den Tresen und beschließen zu schlafen.

Acht Millionen

In New York lebt ein Mann, der sich zum Ziel gesetzt hat alle acht Millionen Einwohner der Stadt zu zeichnen. Bleistiftskizzen. Eine Minute pro Zeichnung. Würde er vierundzwanzig Stunden am Stück zeichnen, bräuchte er fünfzehn Jahre, um sein Werk zu beenden.

Angenommen, er wäre bei vollem Verstand, dann wäre es doch eine der schönsten Geschichten, die ich je gehört hätte. Da ist also ein Mensch, dem es wichtig ist, die Dinge zu katalogisieren, der eine Art Bestandsaufnahme seiner Stadt anfertigen möchte, vielleicht aus demselben Beweggrund, aus dem andere Menschen ihre Bücher mit Signaturen versehen, Postkarten an ihre Wände hängen oder alte Zinnfiguren sammeln. Eine dieser stereotypen Leidenschaften, die Menschen so haben.

Schatten, Kontur – ein letzter Strich, ein Detail. Die Wangengrübchen eines alten Herrn, der auf der Parkbank sitzt und sein wohlverdientes Mittagsschläfchen hält.

Den letzten Stummel seines Kohlestiftes in der Hand haltend, sitzt der stille Beobachter auf den Kirchtreppen, inmitten vorbeiströmender Passanten, und schaut auf das Treiben am Marktplatz, den schütteren Bart eines alten Herrn zeichnend, der in diesem Moment die Augen öffnet.

„Es geht um Manifestation. Die Zeichnungen sind eine Art Inventur der Stadt."

Auf dem flimmernden Asphalt, zwischen Wolkenkratzern und Wohnblocks, die Hand über die Schläfen haltend, sitzt er und zeichnet die auf Bänken sitzenden Passanten. Heimlich, still und leise. Die Personen wissen nicht, dass sie in diesem Moment porträtiert werden. Alles geschieht in einer ungeheuren Geschwindigkeit. Entzerrung der Zeit. Niemand ahnt in diesem Augenblick, dass er nun aus seiner Momentaufnahme enthoben wird.

Ich stelle mir vor, was der Zeichner sagen würde, wenn man ihn fragte, warum er die Menschen nicht fotografiere, er würde doch so entscheidend viel Zeit gewinnen.

„Ich mag es nicht, zu fotografieren", würde er sagen. „Ich fürchte mich davor. Eine Fotografie ist zu bestimmt, zu definiert. Ich möchte den Menschen eine gewisse Form von Fiktion gewähren. Ich möchte die Stadt nicht spiegeln, ich möchte sie erzählen. In dem Moment, wo ich die Menschen fotografiere, ergreife ich Besitz von ihnen. Sie gehören mir, auch wenn ich sie nicht kontrollieren kann, ihre Bewegungen nicht zu erahnen und zu beeinflussen vermag, so ist es doch, als sei ich Herr über sie. Beim Zeichnen projektiere ich sie in eine zweite fiktive Zwischenrealität. Es ist, als schreibe ich Geschichten über sie, ich bringe sie alle in einen Zusammenhang, involviere sie in eine Art Konzept. Alles unterliegt einer Gesamtordnung – der Pulsschlag der Stadt, die Atemzüge, Fußspuren und Gesichtszüge. Aber die Menschen, sie bleiben Motive. Schon als Kind erging es mir so, dass ich die Dinge aus einem inneren Zwang in eine Ordnung bringen musste. Ich habe die Fahrgäste im Bus gezeichnet – wissen Sie – jeden verdammten Tag. Flüchtige Bleistiftskizzen, nicht sehr ausgereift, aber man konnte die Menschen wiedererkennen. Ihre wesentlichen Merkmale waren klar erkennbar. Es geht mir nicht um eine Bildästhetik. Die einzelnen Illustrationen sind nur Teil des großen Ganzen. Die Katalogisierung, die Bestandsaufnahme, sie steht im Vordergrund. Als kleiner Junge habe ich die Bücher in dem riesigen Eichenholzschrank meines Vaters mit Signaturen versehen, alle Schallplattencover habe ich abgezeichnet und einen großen Ordner angelegt. Und einmal habe ich sämtliche Gemälde in einer Museumsausstellung abgezeichnet."

Da sitzt nun also dieser Herr auf den Kirchtreppen und beobachtet das Treiben auf dem großen Marktplatz. In seiner Hand nichts als ein kleines Notizbuch. In seinem Kopf nichts als eine Idee.

Strich, Kontur, Strich, Kontur

Ein rumänischer Opernsänger steht vor der Buchhandlung, während er aus voller Brust die Noten in die Stadt schmettert. Am offenen Fenster über der Bäckerei sitzt ein kleiner Junge und horcht. Im Buchladen sitzt eine junge Dame und liest in diesem Moment ein Buch über Bukarest.

Strich, Kontur

Am Brunnen sitzt ein kleines Kind und hält seine Füße in das kristallklare Wasser. Im Café sitzt eine junge Frau schaut auf das Kind und denkt daran, dass sie eigentlich ...

Strich, Kontur

Eine Blumenverkäuferin hält eine grüne Gießkanne in ihren zitternden Händen. Daneben sitzt ein junger Mann, schaut auf die grüne Gießkanne und denkt an den Tag in seiner Kindheit, an dem sein Vater ihn mit der Schubkarre durch den Garten gefahren hat. Gießkannen sind grün.

Strich, Kontur

Szenenwechsel. In der U-Bahn schaut ein älterer Herr aus dem Fenster und sieht nichts als sein eigenes Spiegelbild. Eine dunkelhaarige Frau sitzt schräg gegenüber, bestaunt die Spiegelung im Fenster und findet, dass dieses Bild sie irgendwie an ihren Großvater erinnert. Es scheint, als lege sich ein Duft seines Rasierwassers über das Abteil.

Strich, Kontur

Ein großgewachsener dürrer Mann sitzt auf den Pflastersteinen vor dem Bahnhof und spielt Akkordeon. Ein junger Herr will eine Münze in dessen Hut werfen und erhofft sich Absolution. Doch die Münze fällt neben den Hut, rotiert auf dem Asphalt und fällt in den Gullydeckel. Die Kanalisationsvenen spülen seine Sünden ins Herz der Stadt.

Strich, Kontur

Ein junger Autor sitzt im Zugabteil und beobachtet die auf- und abschwenkenden Kabel der Strommasten. Er stellt sich vor, er würde seine Schriftzüge auf diese Linien schreiben. Hinter ihm sitzt ein Mann, der seinem kleinen Sohn erzählt, früher wären die Menschen viel größer gewesen und deswegen hätten sie ihre Wäsche auf den Stromkabeln aufgehängt. Die Landschaften seien früher viel farbiger gewesen.

Die seltsame Gleichzeitigkeit der Dinge: acht Millionen Menschen. Ein Mensch, ein Bild. Ein stiller Beobachter. Eine Minute pro Zeichnung.

Strich, Kontur

Und ich wünsche mir so sehr, dass dies ein Mensch von vollem Verstande ist, der sich ein kleines Ziel gesetzt hat, nämlich alle acht Millionen Einwohner der Stadt New York zu zeichnen, so, wie andere Menschen sich vornehmen, ein Gedicht auswendig aufzusagen, und andere das Vorhaben pflegen, Briefmarken in Alben zu kleben. Ich wünsche mir, dass dieser Mann eines Tages daheim in seinem Hause sitzt und seinen Kindern erzählt, dass er früher einmal alle acht Millionen Einwohner seiner Heimatstadt gezeichnet hat. Und ich wünsche mir, dass die Kinder dann fragen, warum er dies getan habe, und dass er dann sagt: „Weil ich diese Idee hatte, nur diese Idee. Und diese Idee habe ich realisiert."

Die Idee, eine verschmelzende Masse von Menschen in einem Monument zu erhalten. Die Idee, eine Bestandsaufnahme anzufertigen. Von einer Stadt. Die Idee eine anonyme Flüchtigkeit in eine Geschichte zu verwandeln. Die Geschichte einer Stadt.

Eine Stadt ist nicht mehr als ein riesiges Mosaik, jeder Mensch nur eine organische Spielfigur auf einem riesigen teerfarbenen Schachbrett. Dies ist die Idee, eine Geschichte ohne Worte zu schreiben. Die unergründliche Geschichte einer Stadt und ihrer Menschen. Die seltsame Gleichzeitigkeit der Dinge. Eine Gleichzeitigkeit, die es nie geben wird, weil sich die Protagonisten wie Schachfiguren verschieben, weil einzelne Türme vom Rand fallen und weil der stolze König in der Mitte irgendwann auf die Knie fällt, weil Figuren nach jedem Spiel wieder neu formiert werden. Die Symmetrie der Unregelmäßigkeit. Die Idee, eine nicht vorhandene Struktur zu manifestieren und festzuhalten.

Strich, Kontur

Wer ist dieser Mann? Ein Erzähler. Ein Stadtschreiber. Ein Mann, der sich vorgenommen hat, eine riesige Skizze zu entwerfen, von einem Gemälde, das er niemals beenden kann.

Bloß mit der Idee, die unergründliche Gleichzeitigkeit der Dinge erfassen zu wollen, bloß die Idee, eine Idee zu haben, die Idee, die Stadt zu einer Geschichte werden zu lassen, und die Idee, diese Geschichte zu erzählen.

Ein Mensch, acht Millionen Bilder. Weil man sich manchmal wünscht, dass da jemand ist, der unsere Geschichten erzählt. Wir alle rasen als Zeitpfeile durch die Straßen und über die Gehwege. Wir werden geboren, wir altern, wir sterben. Der Mensch ist nicht mehr als ein Moment in einem unüberschaubaren Zeit-Raum-Kontinuum, ein klitzekleiner Buchstabe in der Chronik der Welt. Manchmal erscheint uns alles so unbedeutsam, und dann ist da ein Mensch, der die Idee hat, diesen Menschen eine Bedeutung zu gewähren. Sie in einem kurzen Augenblick Teil eines Kunstwerks werden zu lassen.

Ich wünsche mir nichts mehr, als dass dieser Mensch nicht psychisch krank ist. Ich habe Angst, ihn zu fragen.

Diese Geschichte ist wahr. Jason Polan lebt in New York und hat zu diesem Zeitpunkt über sechszehntausend Menschen gemalt. Sein Gemälde wird niemals beendet werden. Es ist nichts als eine Idee.

Zeit und Benzin

„Komm, wir spielen ein Spiel", hast du gesagt. „Es heißt Freiheit. Komm, wir setzen uns ins Auto und fahren in die Berge. Nur du und ich und dieses Spiel."

Und ehe wir uns versahen, saßen wir in deinem Auto. Ich auf dem Beifahrersitz und du neben mir am Steuer. Im Radio lief dieser Song aus unseren Kindheitstagen. Rückblick: Wir zwei auf dem Feldweg. Dieser Baum, das war *unser* Baum, und von dort konnten wir über das ganze Maisfeld schauen. Die Windräder, Strommasten, die diesigen Dachspitzen der Stadt und dieses riesige unendlich weite Feld. Und dann sind wir gerannt ... einfach nur gerannt. Querfeldein im Zenit der gleißenden Sonne, nur wir und dieses Feld. Nur unsere Köpfe waren erkennbar, die Getreidegräser bis zum Hals. Einfach gerannt. Gerannt und gerannt.

„Komm, wir spielen ein Spiel", hast du gesagt. „Es heißt Freiheit."

Und dann lagen wir da, im Feld unter dem Strommast. Nur wir und dieses Surren. Dieses sonderbare Surren.

Aber jetzt ... jetzt sitze ich hier neben dir im Auto und wir fahren in die Berge, gleiten über trockenen Teer, die Scheibenwischer im Takt unseres Lebens. Nur wir und das Radio. Die geschlossenen Fenster, unser Glück im Kofferraum und unsere

Vergangenheit im Handschuhfach. Die zwei alten Kassetten. Das Autoradio.

Damals: Nur wir zwei auf der Rückbank, und dann haben wir diese Geschichten geschrieben. „Komm, wir spielen ein Spiel", hast du gesagt. „Es heißt Geschichten schreiben." Und dann haben wir die entgegenrasenden Autos beobachtet und dann haben wir uns aus den Kennzeichensignaturen diese kleinen Geschichten ausgedacht. *B-AS-2943, K-MF-398*. Alles unsere Geschichten. Und dann haben wir die Geschichten in unser kleines Aufnahmegerät gesprochen und uns geschworen, niemals würden wir diese Geschichten jemandem zeigen. Und jetzt, jetzt sitzt du neben mir und im Handschuhfach finden wir diese Kassette, legen sie ein und hören uns die alten leiernden Geschichten an. *B-AS-2943*. „In Berlin wohnte ein Mann, der hieß Albrecht. Von Beruf war er Schreiner. Er hatte neunundzwanzig Katzen und seine Hausnummer war dreiundvierzig." Nicht sehr kreativ, aber immerhin war das meine erste eigene Geschichte.

Die Autobahn, die Verkehrszeichen, die Städteschilder, unsere Recorder, die Asphaltgeschichten, die rasenden Autos und diese flimmernden Lichter. Da waren wir Kinder, da saßen wir da, auf der Rückbank. Unter dem Autodach, nur wir und dieses Flimmern, dieses sonderbare Flimmern. Da waren wir Kinder.

Nun gleiten wir über den tiefschwarzen Teer. Unter Temponachtfaltern und schwach schimmernden Städteschilderschmetterlingen. Wir werden langsam, biegen auf die rechte Spur. die Autobahnraststättenausfahrt. Schwarzer Kaffee, ein paar Lakritze, eine Zigarette. Und dann diese Tankstelle, dieser Duft von Benzin. Und wir sitzen hier und trinken unseren Kaffee und lassen uns die Sonne auf den Kopf scheinen.

„Komm, wir spielen ein Spiel", hast du gesagt. „Ein Spiel namens Rast." Jetzt sitzen wir hier wie atmende Denkmäler im Abenddämmern vor der Zapfsäule und atmen den dumpfen Duft von Diesel. Und weißt du was ... Es ist schön. Wir liegen hier und lassen uns treiben wie Ruderboote auf wogenden Radioempfangswellen. Dieses Szenario: Tankstellen und Raststättenstille zwischen temporär vergangenem Fernfahrerfahrtwind und Trittbrettträumen. Taumeln wie Tannenzapfsäulen auf Duftbaumkronen. Wie batteriebetriebene zum Fahrtbeat vibrierende Wackeldackel auf Hutablagen. Zwischen LKW und UKW, wo dich Frequenzen auf Ultrakurzwellen im Schwertransporter zum Herztanz fordern. Da waren nur wir. Jetzt. Wir lagen da, auf dem Tankstellenparkplatz. Nur wir und der Duft von Benzin. Dieser sonderbare schöne Duft.

Und dann ging es weiter. „Komm, wir spielen ein Spiel", hast du gesagt. „Ein Spiel namens Freiheit."

Zwischen Markierungspfeilermeilensteinen treten wir unsere unsichtbaren Reifenprofilspuren in den anthrazitfarbenen Asphalt, gleiten vorbei an Nahtstellen und Notrufsäulen, an Knotenpunkten und knatternden Motoren auf Standstreifenspuren, schweben zwischen im Wind zitternden Fahrrädern auf Dachgepäckträgern und an Reisebusscheiben winkenden Kinderhänden, zwischen Scheinwerferstrahlen, aufblitzenden Blinklichtern und blauen Blechblättern. Wir sind kursive Handschriftzüge auf Betonschutzwänden, sind rinnende Regentropfen im Leitplankenplätschern.

Wir tragen unsere Handschuhfachhabseligkeiten in eine ungewisse Zukunft. Die Arme schlackern aus dem offenen Fenster im Wind. Die Scheibenwischer im Takt dieses Songs, der gerade läuft. Die leiernde Kassette im Autoradio. Nur wir zwei. Und dann sehen wir dieses Kind vor uns im Reisebus. Es winkt uns zu. Und langsam erkennen wir, wie es in sein Aufnahmegerät spricht und Kennzeichensignaturgeschichten schreibt.

Wir zwei sind nichts anderes als eine Geschichte, das wurde uns in diesem Moment bewusst. *M-SF-321*. Da waren zwei Menschen und spielten ein Spiel namens Freiheit und ihre Zukunft beginnt in drei, zwei, eins …

... und trotzdem tanzten wir –
tausend tage
taktlos tango im takt des tu mir nichts

(Dominique Macri)

Der Globus

Plitsch platsch, plitsch platsch. Der Speicher. Sie liebte es, dort oben zu sitzen und zuzuhören, wie der Regen auf die Dachziegel plätscherte. Hier oben hatte der Regen eine ganz besondere Intensität. Der Speicher war ihr der liebste Ort im ganzen Haus. Dieser Geruch. Ein Duft von morschem Holz, alten Büchern und staubigen Habseligkeiten. Zerliebte Dinge, von denen man sich nicht trennen kann, für die jedoch manchmal einfach nicht die richtige Zeit ist. Ab und zu kommt sie hier hoch und blättert durch die vergilbten Seiten der Bücher oder schaut sich die alten Fotoalben an. Und dann war da dieser blassbunte Globus. Sie strich vorsichtig mit den Fingern über die Kugel, die lange Zeit auf ihrem Schreibtisch stand und nun, im Laufe der Jahre, ihren Platz auf dem Dachboden gefunden hatte. Ganz zaghaft glitt ihr Zeigefinger über die Kontinente. Vorsichtig strich sie über die einzelnen braunen Gebirgszüge und die hellblauen Ozeane. Auf ihrem rechten Zeigefinger lag der Staub der letzten Jahre. Schon seltsam, wie man die Dinge so aus den Augen verliert. Man stellt die Dinge auf den Speicher und dann sind sie plötzlich fort. Irgendwie sind sie fort. Der Duft alter Bücher. Morsches Holz. Oktoberregen und dieser alte Globus. Sie saß da, auf dem Bretterboden, und dachte zurück.

Plötzlich erinnerte sie sich an dieses Bild. Ja, genau. Sie saß dort auf dem Teppich in ihrem alten

Kinderzimmer, sie nahm den Globus, drehte so fest sie konnte an der Kugel ... schloss dann die Augen, wartete einige Sekunden und presste dann den Zeigefinger willkürlich auf eine bestimmte Stelle der Landkarte, um die rotierende Kugel zum Stehen zu bringen. Dann notierte sie sich den Namen des Gebietes, ging zu der riesigen Landkarte, die an der Tür im Wohnzimmer hing, und markierte das Gebiet mit einer kleinen Nadel und einem roten Kreis. Dann wartete sie einige Tage und Wochen und wiederholte das ganze Szenario. Immer wieder und immer wieder. Woche für Woche. Ihr Wunsch war es, eines Tages alle markierten Punkte miteinander zu verbinden und eine Weltreise zu unternehmen. Das nahm sie sich ganz fest vor. Ihrem Vater erzählte sie damals davon, und dieser bemängelte, dass einige dieser Punkte mitten im Ozean oder in verschachtelten Gebirgsketten lägen und es nie und nimmer möglich wäre, alle diese Stellen zu besuchen, aber Sophie erwies sich als äußerst hartnäckig und nahm sich fest vor, dass sie das schon irgendwie schaffen würde.

Und heute sitzt sie hier auf dem Speicher und streicht mit dem Finger über den alten Globus. Der Regen plätschert ein leises Lied auf die Dachziegel.

Ihre Weltreise, die hat sie vergessen. Einfach vergessen. Als kleines Mädchen sagte sie einmal, sie wolle eine berühmte Tänzerin werden. Getanzt hat sie dann nie. Sie hatte Träume und Vorstellungen von ihrer Zukunft. Sie wollte eine Weltreise machen, eine berühmte Tänzerin werden und sie wollte zwei Töchter zur Welt bringen. Sie wollte einmal segelfliegen und sie wollte ihren Vater kennenlernen, sie wollte lernen, Violine zu spielen, und auf einem grünen Moped durch die Straßen fahren. Sie hatte Träume. Man verliert die Träume aus den Augen. Irgendwie sind sie fort.

Vor einiger Zeit hat ein junger Mann sie gefragt, ob sie mit ihm eine lange Reise machen würde. „Eine Reise, wohin?" „Ich weiß nicht wohin", sagte der Mann. „Einfach fort von hier. Komm, wir fahren hinaus. Einfach so. Ohne Ziel. Nur wir und diese grüne Schwalbe. Orte sammeln und durch die Zeit schlendern."

Und Sophie sagte, man könne nicht einfach so fort. Wer versorgt denn das Haus, die Katzen und die Blumen? Man könne doch keine Orte sammeln, wenn man zuhause nicht mal ein Regal gebaut habe, wo man die Orte dann später hineinstellen könne. Und wie solle man denn schlendern, wenn doch alles um einen herum so schnell geht.

Der blassbunte Globus. Viele Jahre sind nun vergangen. Und nun denkt sie zurück und plötzlich kommt ihr dieser Gedanke in den Kopf, dass sie womöglich einen großen Fehler gemacht hat, dass sie ihr eigenes Leben auf seltsame Art verlebt hat.

Sie fing an zu zittern und zu weinen. Ganz langsam bildete sich ein hauchdünner flackernder Film auf ihren Pupillen. Sie weinte, weil sie nicht getanzt, weil sie den Traum von der grünen Schwalbe vergessen hatte, sie weinte, weil sie niemals diese

Welt gesehen hat, weil dieses Spiel mit dem Globus immer das Spiel mit dem Globus blieb. „Bleiben" – ein seltsames Wort. Bleiben.

Plötzlich spürte sie einen leichten Druck auf ihren Schultern. Eine Hand. Sophie blickte sich um.

„Ich habe dich gar nicht reinkommen gehört."

Und da stand Sophies Tochter nun vor ihr. „Ich habe gehört, dass du geweint hast", sagte sie. Acht Jahre war sie alt, ein ganz kleines Wesen. Und dann sagte sie einen Satz, den Sophie niemals vergessen würde. „Weißt du, Mama, ich habe dir zugehört. Ich habe alles gehört, was du gemurmelt hast. Komm, wir drehen an diesem Globus und dort, wo mein Finger landet, dort fahren wir dann *nicht* hin, sondern ... tanzen hier und jetzt und dann male ich dir eine grüne Violine. Vielleicht hast du es vergessen, aber ich bleibe."

„Bleiben. Ein schönes Wort", dachte Sophie. „Bleiben." Sie sah ihre Tochter an und wusste in diesem Moment, dass sie alles richtig gemacht hatte. „Ich bleibe auch. Komm ..."

... und dann tanzten sie Tango im Takt der alten Wanduhr. *Tick tack, tick tack.*

Primeln

Er ging in das Blumengeschäft und kaufte seiner Frau Primeln. Die Verkäuferin schnitt die Stängel ein wenig schräg an, damit sie besser Wasser ziehen. Zuhause angekommen suchte er im Keller nach den Vasen. Dann stellte er die Primeln auf den Fenstersims und zog die Jalousien hoch, damit sie besseres Licht bekommen würden. Er glaubte, dass sie ihr gefielen. Sie sagte ihm einmal, dass sie Primeln mag. Vor langen Jahren hat sie selber in einem Blumengeschäft gearbeitet. Als sie nach Hause kam, fragte sie ihn, wie die Arbeit war. Und dann erzählte er ihr von seinem Tag, dem Heimweg und davon, dass man Schnittblumen immer schräg anschneiden sollte, damit sie besser Wasser ziehen. Er erzählte von der Blumenverkäuferin und davon, dass er die Vasen gesucht und die Jalousien hochgezogen habe. „Du magst doch Primeln?" Da schwieg sie.

Matroschka

Matroschka. Diese alte Holzpuppe stand auf dem Schrank meiner Großmutter. Auf der alten Vitrine, mit dem dunklen Holz. Ich erinnere mich noch, als wäre es gestern gewesen. Eine kegelförmige, pastellfarben lackierte Holzfigur. Mit starrem Blick stand sie auf dem Schrank und schien den Raum zu beobachten. Man öffnet die erste Figur und darin verbirgt sich die nächste. Nach diesem Prinzip geht es immer weiter. Figur für Figur für Figur. Bis man irgendwann auf die kleinste aller Figuren stößt. Matroschka.

Als Kind hatte ich eine schier immense Freude daran, diese Holzpuppen aufzudrehen und irgendwie darauf zu hoffen, dass … ich weiß es gar nicht genau. Aber dieses Bild ist in meinem Kopf geblieben. Matroschka. Jahrelang verfolgte mich das Bild dieser Holzpuppe. Immer mal wieder zwischendurch träume ich diesen Traum: Ich öffne dieses Spielzeug. Figur für Figur für Figur. Und es geht einfach immer weiter. Immer und immer weiter. Kein Ende. Wie eine endlose Wendeltreppe, die tief unter den Boden bis in den Erdkern führt. So kommt es mir vor. Was verbirgt sich denn hinter diesem Traum?

Es gibt nicht viele Dinge, die mich an meine Großmutter erinnern. Mehr noch als ihre Person selber scheinen mir einzelne Gegenstände aus ihrer Wohnung im Gedächtnis zu haften. Doch viel mehr als der Anblick dieser Dinge sind es die Texturen, die mich zurück in die Vergangenheit locken. Der raue ungeschliffene Holztisch, die Gravuren und Verzierungen im Porzellangeschirr, die Beschaffenheit des Teppichs, auf dem ich gelegen habe, als ich mein allererstes Buch gelesen habe, der Schliff der Stühle, der Staub auf den Bilderrahmen, die matte Raufasertapete, die ich immer mit dem Fingernagel aufgekratzt habe, bis sich die kleinen Holzspäne offenbarten. In meiner Erinnerung gibt es weder Gerüche, Klänge noch Bilder, allein die Materialität des Raumes ist mir geblieben. Und Matroschka. Ist es nicht seltsam? Der erste Gedanke verbunden mit einer der bedeutsamsten Frauen in meinem Leben scheint einzig und allein eine Holzfigur zu sein. Eine Puppe, die man auf Flohmärkten kaufen kann. Beliebig austauschbar. Ein Gegenstand, der Assoziationen von Kitsch hervorruft. Eine Erinnerung, die nicht mehr ist als ein Bild, eine bloße visuelle Erscheinung. Blassbuntes Holz.

Und dann gab es da im Wohnzimmer meiner Eltern dieses Bild. Zwei Rolltreppen, die in die Wolken führen. Immer, wenn ich am Esstisch saß, schaute ich auf dieses Bild und auf eine seltsame Art hat es mich wirklich fasziniert. Es war noch nicht mal sonderlich schön gemalt, ich erinnere mich, dass diese Blautöne viel zu künstlich wirkten. Wahrscheinlich war es auch nur irgendein Souvenir aus irgendeiner Stadt. Ich weiß es nicht, aber diese Rolltreppen führten in die Wolken. Und dieses Bild, es zog mich irgendwie magisch an. „Was soll man denn dort in den Wolken?", dachte ich mir. Jedenfalls blieb auch dieses Bild auf ewig in meinem Kopf. Und seitdem fürchte ich mich vor Rolltreppen, weil ich fest davon überzeugt bin, dass sie in die Wolken führen. Da ist es bestimmt schön. Ich weiß. Letztendlich wollen wir doch alle dorthin. Aber jetzt schon? ... Nein. Ich bleibe lieber erst einmal hier. Es muss doch jemanden geben, der sich kümmert, denke ich mir dann. Immer schimpfe ich über diese Welt und die Menschen, aber eigentlich ist es doch ganz nett hier unten. Noch ist es zu früh, um zu den Wolken zu fahren.

Nun gibt es diese beiden Träume. Es sind solche von der Sorte, die in unregelmäßigen Abständen immer wiederkehren. Die Rolltreppen in die Wolken und Matroschka. Noch immer weiß ich nicht, was diese beiden Träume bedeuten sollen, aber ich glaube, dass es ein wichtiger Schritt war, sie aufzuschreiben. Vielleicht werde ich dieses Buch in vielen Jahren in meinen Händen halten und die Antwort längst wissen. Womöglich werde ich diese beiden Träume auch vergessen haben und mich dann darüber freuen, dass ich sie damals aufgeschrieben habe.

Dieses Bild, welches in unserem alten Wohnzimmer hing, ist fort. Irgendwann wurde es weggegeben und seitdem habe ich es nie wiedergesehen. Noch nicht einmal ein ähnliches. Nun, es gibt diese berühmte englische Liedzeile, übersetzt bedeutet sie: „Die Treppen zum Himmel". Möglicherweise hat der Mann, der damals dieses Lied geschrieben hat, ein ähnliches Bild an seiner Wand hängen gehabt. Möglicherweise ist dieser Mann nun sehr froh, dass er dieses Lied geschrieben und komponiert hat. Möglicherweise hätte er es sonst auch vergessen. Vielleicht ist es manchmal gar nicht so bedeutsam, was wir träumen. Vielleicht ist es einfach nur wichtig, dann und wann an die Dinge erinnert zu werden.

Von Laubbläsern und Wäscheleinen

Es war eine meiner allerersten Zugfahrten. Ich war noch relativ jung, ich schätze, so ungefähr zehn Jahre alt. Ich saß direkt am Fenster und betrachtete die vorbeiziehende Landschaft. Wunderschöne Bilder zogen im Zeitraffer an mir vorbei. Es war eine dieser schönen langsamen Regionalbahnfahrten. Der Zug hielt an jedem Bahnhof, mochte er auch noch so klein und unbedeutend sein. Was mich immer besonders fasziniert hat, waren die Strommasten. Diese Symmetrie, diese Konstanz. Und dann habe ich meinen Vater gefragt, was es damit auf sich hat.

„Wofür sind diese Kabel? Warum werden sie über die ganze Welt gespannt?"

Ich vermute, mein Vater war zu faul, mir das Prinzip von Elektrizität und Stromverteilung zu erklären, jedenfalls erzählte er mir, dass die Menschen früher viel größer waren als heute und dass die Frauen überall die bespannten Masten aufgestellt haben, um auf den Kabeln ihre Wäsche aufzuhängen. Und dann zeigte er auf zwei Vögel, die sich mit ihren Füßen fest an die Kabel klammerten und sagte:

„Die Vögel dienten als Wäscheklammern, und wenn dann eine Bettdecke nach langer Zeit endlich trocken war, belohnte man die Vögel, indem man ihnen Futter gab. Und schon am nächsten Tag kamen sie wieder und platzierten sich auf den Wäscheleinen."

Ich schaute meinen Vater verwirrt an. So recht konnte ich ihm diese Geschichte nicht glauben. Die Menschen waren doch nie im Leben *so* groß gewesen. Und dann erzählte ich ihm, dass ich ein Buch über Steinzeitmenschen gelesen habe und dass die Menschen auf den Bildern nicht wesentlich größer waren als heute. Vielmehr hatte ich das Gefühl, sie wären sogar ein wenig kleiner gewesen. Und dann grinste mein Vater mich an, streichelte mir über den Kopf und erzählte mir, dass er mich angeflunkert hätte.

Und irgendwie war ich stolz, dass ich selbst darauf gekommen bin und diesen Schwindel entblößen konnte, aber zeitgleich wurde ich ein wenig traurig, da mir die Geschichte eigentlich sehr gut gefallen hatte. Heute weiß ich, dass die Geschichte mit der Stromverteilung bei weitem nicht im Ansatz so interessant ist. Das wäre doch ein recht schönes Bild, wenn auf allen Stromleitungen Wäsche gespannt wäre. Das würde manche Landschaften doch wirklich wesentlich verschönern und ihnen einen Hauch mehr Farbe schenken. Wenn ich in Süditalien bin, dann finde ich es immer am schönsten, wie die Menschen ihre Wäsche vom Balkon aus quer über die Straßen gespannt haben. Pastellfarbene Hemden, weiße Bettwäsche, Hosen in allen Farben und Formen, und manchmal findet man dann auf dem Kopfsteinpflaster eine Socke.

Wenn man nach oben schaut, weiß man genau, an welcher Stelle der Leine sie verloren gegangen ist. Dann klingelt man bei allen Menschen im Haus und irgendwann freut sich jemand darüber, dass er seine geliebte Socke wiederbekommen hat. Und dann darf man meist noch auf einen Kaffee bleiben. Manche Menschen haben absichtlich nachts *nur* die Klammern an die Leine gehangen und ihre Socken dann auf die Straßen gelegt, einfach nur, damit sie jemand finden würde, der dann klingelt und den sie dann zum Kaffee einladen konnten. Die Italiener finden immer einen Grund, um Kaffee zu trinken. Das kann ich gut verstehen, denn er schmeckt köstlich. Und er riecht so gut. Besonders wenn man die Bohnen ganz frisch mahlt. Außerdem klackern die Bohnen so schön in der Mühle.

„Hast du schon mal Kaffee gemahlen? Bestimmt nicht. Wir werden uns mal treffen und gemeinsam frische Kaffeebohnen mahlen. Weißt du, als ich in deinem Alter war, habe ich das geliebt. Ich durfte den Kaffee nicht trinken, aber das war mir dann gar nicht so wichtig. Leider haben meine Eltern selbst nur sehr wenig Kaffee getrunken, aber immer, wenn Besuch kam, dann wollten sie natürlich, dass dieser sich wohl fühlt, und sie mussten ihm warme Getränke anbieten. Da ich natürlich nicht auf den Kopf gefallen war, habe ich also fast jeden Tag Menschen zu uns eingeladen, den Postboten, die Bäckerin, die Nachbarn aus unserem Haus oder irgendwelche fremden Menschen, die ich zwar noch nie gesehen hatte, die mir aber recht sympathisch vorkamen. Ich habe denen erzählt, sie sollten sich als meine Freunde ausgeben und einfach klingeln, dann würden sie einen Kaffee bekommen, und wenn sie Glück haben, auch ein Stück Kuchen. Meine Mutter war zwar anfangs recht überrascht, dass ich so alte Freude habe, und die ganzen Kaffeebohnen nagten auch ein wenig an der Haushaltskasse, aber ich glaube, bis heute war sie insgeheim froh, dass wir Besuch bekamen und dass ich mich so gut mit allen vertragen hatte. Schließlich hatte sie immer Angst, dass ich nach unserem Umzug meine alten Freunde vermisse und mich dort in der neuen Stadt nicht so recht einfinden würde. Vater war tagsüber eh die meiste Zeit auf der Arbeit und kam erst spät am Abend nach Hause und so war es doch recht schön, dass wir wenigstens oft Besuch bekamen. Na ja, jedenfalls durfte ich dann immer an der Kaffeemühle kurbeln und die schwarzbraunen Bohnen mahlen. Wie bin ich da jetzt eigentlich drauf gekommen? Ach ja, wegen der Strommasten. Warum sagst du denn nichts? Ich rede mal wieder viel zu viel."

Aber zu diesem Zeitpunkt war ich schon längst eingeschlafen. Die Geschichte erzählte er mir dann erst am nächsten Tag zu Ende.

Was ich eigentlich erzählen wollte: In dieser Eisenbahn saß ein Mann auf den Sitzen gegenüber. Vor seinen Beinen lag ein Hund, sein Atem war sehr unregelmäßig und er röchelte recht arg. Vermutlich war er sehr alt. Und dann sagte der Mann zu seinem Hund:

„Mein Guter, gleich sind wir da. Nur noch wenige Stunden."

Und dann kraulte er dem alten Köter langsam das Fell. Immer, wenn man ihm das Fell kraulte, dann hörte er auf zu röcheln, was bestimmt dazu führte, dass man ihn recht häufig kraulte. Ich vermute, dieser Hund war einfach sehr schlau und hat seine Altersschwäche simuliert, damit man ihn häufiger hinter den Ohren krault. Als ich ihn ansah, da kam es mir vor, als blinzelte er mir zu. Er schien meine Gedanken lesen zu können und wollte mir mitteilen, dass er genau weiß, dass ich seinen Plan durchschaut habe, ich aber bloß nichts verraten soll. Und das hab ich natürlich auch nicht getan. Schließlich weiß ich um das Geheimnis, wie schön es ist, hinter den Ohren gekrault zu werden. Meine geliebte Frau – Gott hab sie selig –, ihr hab ich damals auch immer erzählt, ich leide unter Rückenbeschwerden, nur damit sie mich hinter den Ohren krault. Ich war nie um eine Ausrede verlegen, um in den Genuss dieses Rituals zu kommen. Ohren kraulen. Wo war ich eigentlich? Ach ja, der Mann mit dem Hund. Also, dieser Mann hatte einen riesigen Laubsauger dabei. Er reiste also mit seinem Hund und einem Laubsauger durch die Lande. Als ich ihn ein wenig fragend anblickte, da nickte er mir höflich zu und erklärte voller Stolz:

„Es ist schön, wenn man seine Leidenschaft zum Beruf machen kann. Oder?"

Und dann fragte ich, was denn sein Beruf sei, und er erwiderte:

„Nun, das sieht man doch. Ich bin ein Laubbläser. Mit der Eisenbahn fahre ich von Ort zu Ort und blase dort das Laub fort. Na ja, eigentlich blase ich es nicht fort, sondern nur zu einem riesigen Laubhaufen zusammen. Und dann fahre ich wieder weiter. Wissen Sie, dann und wann werde ich von ein paar vorbeilaufenden Spaziergängern gefragt, ob ich auch bei ihnen im Garten das Laub wegblasen könne. Und ab und zu gab man mir dann auch ein paar Münzen oder eine Unterkunft für die Nacht. Und der Hund ... er wurde bestens verpflegt mit den feinsten regionalen Leckereien und Spezialitäten."

„Ist Laubbläser denn ein richtiger Beruf?", fragte ich den Mann.

„Nein, wahrscheinlich nicht. Aber spielt das eine Rolle? Meistens übernehmen die Landschaftsgärtner oder die städtischen Betriebe diese Arbeit. Ich weiß, es klingt seltsam, aber schon als Kind habe ich es geliebt, das Laub im Garten herumzuwirbeln, und dann habe ich mir vorgenommen: Irgendwann, da mache ich nichts anderes mehr. Und nun, seit einigen Jahren ist es mein richtiger Beruf. Ich gebe zu, die Reisen sind manchmal etwas langatmig, aber ich habe ja beste Gesellschaft. Und während er das sagte, kraulte er der alten Töle genüsslich das Fell, nachdem diese bereits wieder zu röcheln begann. „Er ist ein schlauer Hund", sagte der Mann. „Immer, wenn er hinter dem Ohr gekrault werden möchte, beginnt er zu röcheln, als sei er schwer krank. Eigentlich müsste ich ihn dafür bestrafen, dass er seinen alten Herrn so in die Irre führen will, aber was soll ich sagen, ich kann ihm nicht böse sein. Ich würde genau so handeln, wäre ich ein Hund. Das Schöne an meinem Beruf ist doch, dass wir beide etwas davon haben. Mir macht es Spaß, das Laub zu blasen, und dem Hund bereitet es immense Freude, in den riesigen Laubbergen herumzutollen. Meistens muss ich danach noch mal von vorne anfangen, aber das macht mir nichts aus. Ich habe mich mal gefragt, was passieren würde, wenn man all die Laubberge, die ich in den letzten Jahren so hinterlassen habe, aufeinandersetzen würde. Wahrscheinlich käme man bis in die Wolken." „Ja", sagte ich. „Bestimmt. Warum probieren Sie es nicht einmal aus?" „Hmm", sagte der Mann. „Dafür ist es noch zu früh."

Irgendwo ist Afrika

Blick auf den Hafen. Die alten trägen Frachter schleichen gemächlich über den Fluss. Die Menschen sitzen an der Promenade oder spazieren am Ufer entlang. Das Wasser strahlt eine unsagbare Ruhe aus, denn diese Schiffe sind im Vergleich zu den Flugzeugen und Eisenbahnen sehr langsam. Aber an diesem Tag fuhr ein Boot dort entlang, das besonders langsam war. Sogar die Fußgänger an der Hafenpromenade bewegten sich wesentlich schneller.

Auf der Promenade ging ein alter Herr mit seinem Gehstock spazieren und ich glaube, nichts hat ihn in diesem Moment so sehr gefreut, als dass er endlich mal wieder überholen konnte. Und dann gleich ein ganzes Schiff.

Natürlich hat er sich gefragt, warum dieser Frachter so langsam fährt. Woher er all diese Ruhe nähme, fragte er den Kapitän vom Ufer aus. Und dann zeigte der Mann am Steuer mit dem Finger auf die Hebekräne am Hafen und sagte:

„Ich möchte die Giraffen nicht aufwecken. Sie schlafen. Manchmal nicken sie mit ihrem Kopf im Takt der Strömung. Aber ab und zu sollte man sie schlafen lassen. Außerdem will ich doch sehen, wo ich so herfahre. Wäre doch traurig, wenn ich von all dem nichts mitbekommen würde. Sehen Sie doch mal, wie schön es hier ist."

Und dabei schaute er auf den Kiesstrand. Ein kleiner Junge mit Gummistiefeln stand bis zu den

Knien im Wasser und erfreute sich an dem leichten Wellengang. Er suchte flache Steine im Kies, um sie über die Wasseroberfläche tanzen zu lassen. Am Wasserrand lag ein Hund und suhlte sich in der Mittagssonne.

Irgendwann kam das Schiff in schlendernder Schrittgeschwindigkeit an einer kleinen Gartensiedlung vorbei. Im Vorgarten des Hauses stand ein Mann und goss die Primeln und Hyazinthen. Er hatte eine ganz kleine grüne Gießkanne, und immer wenn er eine Blume gießen wollte, musste er zurück zum Haus, um sie erneut mit Wasser zu füllen. Selbstverständlich hatte er einmal darüber nachgedacht, ein Bewässerungssystem zu installieren oder einen Rasensprenkler zu benutzen, aber letztendlich hat er sich dafür entschieden, seiner kleinen Gießkanne die Treue zu bewahren.

Als das kleine Schiff ganz nah vorbeifuhr, rief der Kapitän dem Gärtner zu:

„Guter Mann, warum haben Sie einen Elefanten in Ihrer Hand?"

„Das ist kein Elefant. Das ist eine Gießkanne."

„Natürlich", rief der Kapitän. „Eine Gießkanne! Ich würde es auch nicht zugeben wollen, wenn ich heimlich einen kleinen Elefanten bei mir im Garten halten würde. Womöglich bekommen Sie Ärger mit den Behörden, oder? Keine Angst. Ich schweige wie ein Grab. Ihr Elefant sieht sehr glücklich aus. Wissen Sie, ich hätte schwören können, dass Elefanten grau seien. Ich meine mich genau erinnern zu können, dass ich das mal in einem Buch über Afrika gelesen habe. Und ich glaube, ich war ein wenig enttäuscht. Grün gefallen sie mir viel besser."

„Das ist kein Elefant", sagte der Gärtner. „Es ist wirklich nur eine Gießkanne. Sehen Sie doch. Es gibt keine grünen Elefanten. Außerdem sind Elefanten viel größer und sie leben in viel wärmeren Regionen. Hier im Norden gibt es keine Elefanten. Glauben Sie mir."

„Ja, ja", sagte der Kapitän. „Am Ende wollen Sie mir noch erzählen, dass auch die Giraffen nicht hier wohnen."

„Welche Giraffen?"

„Na, diese hier." Und während er sprach, streckte er seinen Zeigefinger in Richtung der riesigen Hebekräne.

„Das sind Hebekräne. Sie befördern die Waren auf die Schiffe. Es sind Maschinen. Giraffen gibt es nur in Afrika."

„Ist schon in Ordnung", sagte der Kapitän. „Ich glaube Ihnen. Aber seien Sie achtsam auf Ihren kleinen Elefanten. Oh Verzeihung! Ich meinte ... seien Sie achtsam auf Ihre *Gießkanne*. Ich fahre nun fort. Meine Reise soll nun weitergehen."

„Wohin fahren Sie denn?", fragte der Gärtner.

„Nun ja, eigentlich hatte ich kein genaues Ziel, außer immer geradewegs über diesen Fluss zu treiben. Aber jetzt haben Sie mich hellhörig gemacht. Wissen Sie was, ich fahre nach Afrika. Ihre Geschichte mit den Elefanten und Giraffen glaube ich erst, wenn ich alles mit eigenen Augen sehe. Leben Sie wohl."

Als das Schiff nach langer Zeit aus dem Sichtfeld des Gärtners verschwunden war, ging dieser hinein. Er weckte seine Frau und erzählte ihr die Geschichte von den Hebekränen, der Gießkanne und dem sonderbaren Kapitän. „Dieser Mann, er dachte doch tatsächlich, dass meine kleine Gießkanne ein Elefant sei." Da lachte er lauthals, prustete förmlich los.

„Und jetzt, du wirst es kaum glauben, will er doch tatsächlich bis nach Afrika reisen."

Da schmunzelte seine Frau. „Afrika. Ich wollte auch schon immer mal nach Afrika."

Als die beiden wenig später zur gewohnten Uhrzeit das Haus verließen, setzten sie sich auf ihre Gartenstühle und schauten gemeinsam auf den in der Sonne glitzernden Fluss.

Nach einigen Minuten hörten die beiden ein Knacken. Da zeigte der Mann auf die weißen Gastanks am anderen Flussufer, nahm seine Frau an die Hand und sagte: „Schau nur. Bald schlüpfen Sie. Wir sollten wachsam sein."

Der Mann mit dem Schluckauf

Herr Maier hatte eine seltsame Eigenschaft. Immer wenn er besonders glücklich war, bekam er einen Schluckauf, und immer wenn er besonders traurig war, bekam er ebenfalls einen Schluckauf.

Da Herr Maier als Pressesprecher der hiesigen Ortspartei tätig war, erwies sich der Schluckauf als äußerst problematisch.

„Meine Damen und Herren, *hicks*, hiermit verkündige ich den offiziellen Beschluss, *hicks*, dass alle Bürger der Gemeinde, *hicks* ..."

Kurz darauf bekam Herr Meier einen Brief. Es hieß, er hätte nun die einmalige Möglichkeit, freiwillig sein Amt niederzulegen.

„Dieser verfluchte Schluck- ... *hicks* ... -auf", dachte sich Herr Meier. „Dieser ver- ... *hicks* ... -fluchte ... *hicks* ... Schluckauf."

Fortan entschied Herr Meier sich für ein Leben in Mittelmäßigkeit.

Die Zisterne

Auf einer Zisterne, inmitten eines alten stillgelegten Industriehofes, sitzt ein kleiner Vogel. Vom Fenster aus beobachtet ihn ein kleiner Junge durch sein Fernglas.

Das könnte der Anfang einer sehr schönen Geschichte sein. Solch eine Zisterne, ein Industriehof, der kleine Vogel: Das wären doch wahrlich recht gute Grundlagen gewesen. Doch leider kann der Vogel nicht mehr fliegen. Bedauernswert.

Fliegende Fische

„Man müsste mal fliegen können", sagte er zu ihr.
„Man müsste mal fliegen können."
  „Wie ein Vöglein?"
  „Wie ein Vöglein."
  Da öffnete er die dunkelgrünen Fensterklappen
    ... und flog davon.

Zwei Karpfen schwammen im selbigen Moment recht nah an der Wasseroberfläche, sahen dann die Konturen des Mannes am Himmel und dachten sich: „Mensch müsste man sein."

In der Straßenbahn

In der städtischen Straßenbahn saß einmal eine Dame mittleren Alters und strickte, friedlich dreinblickend, an einer Mütze. Dabei schaute sie aus dem Fenster, aber nicht so, wie Menschen das normalerweise tun, verträumt oder apathisch, sondern so wie eine Dame mittleren Alters, die gerade, friedlich dreinblickend, an einer Mütze strickt. Als ein junges Fräulein sie nach der Verbindung zum städtischen Theater fragte – da schwieg sie. Als ihr Ehemann, der neben ihr saß, sie nach ihrem Befinden fragte – da schwieg sie. Als der Schaffner die Fahrtkarte der alten Dame sehen wollte – da schwieg sie. Als der herbeigerufene freundliche Herr vom Ordnungsamt nach ihren Personalien fragte – da schwieg sie. Als der Staatsanwalt sie wegen Verweigerung der Aussage und wegen ausstehender Mahnbescheide vor Gericht führen wollte – da schwieg sie.

In der städtischen Straßenbahn saß einmal eine Dame mittleren Alters und strickte an einer Mütze.

Zucker

Sie hatte die seltsame Angewohnheit, Zuckertütchen aus Cafés zu sammeln. Wann immer sie in eine neue Gaststätte einkehrte, ließ sie heimlich ein, zwei Tütchen in ihrer Handtasche verschwinden. Daheim legte sie die Zuckertütchen in eine große Kristallglasschale im Esszimmer.

„Das macht doch schon was her", sagte sie zu ihrer Tochter. „Sehr elegant, nicht wahr?"

Zu jedem Zuckertütchen wusste sie natürlich eine passende Geschichte. Sie erzählte von den hübschen engen Gassen, von den eleganten Kleidern in den Schaufenstern, von den Avancen der Männer, von ungelesenen Büchern und dem Krieg.

„Sieh nur dieses Kleid! Eine enge Taille hatte ich damals. Sieh nur dieses Bild, das bin ich! War ich nicht eine hübsche feine Dame? Die Männer, weißt du, sie lagen mir zu Füßen. Schau nur diese Brosche! Das macht doch schon was her, nicht wahr? Möchtest du noch ein wenig Zucker zum Kaffee?"

Und dann erzählte sie Geschichten. Sie erzählte von den hübschen engen Gassen, von den eleganten Kleidern in den Schaufenstern, von den Avancen der Männer, von ungelesenen Büchern und dem Krieg.

Blassbunt

Ein mir sehr lieber Mensch zeichnete, nachdem er eine Geschichte von mir gelesen hatte, ein zauberhaftes Bild und schenkte es mir. Deshalb ist dies hier eigentlich gar nicht *meine* Geschichte. Aber ich möchte versuchen, dieses Bild mit Worten zu beschreiben. Vielleicht erinnern Sie sich noch an die Geschichte „Wellblechblüten". Vielleicht fragen Sie sich ja, was aus den Damen und Herren geworden ist, die damals von der Erde aus zum Himmel aufgestiegen sind?!

Ich möchte versuchen, Ihnen das Bild etwas näher zu beschreiben.

Diese alten Damen mit dem vollen grauen Haar steigen also mit ihren Regenhauben als Heißluftballons in den Himmel auf. Ganz langsam lassen sie sich vom Wind führen. Die Herren schweben mit ihren Hüten als Gleitschirmflieger nebenher. Die Wolken gleichen ausgeschnittenen Papierschnipseln. Mattweiße, leicht vergilbte Partitur-Auszüge. Notenblätter. Im Hintergrund ein leises Klavierspiel. Zerrissene Sinfonien. Ein Herr mit türkisgrünem Mantel fliegt mit ausgestrecktem Kopf und stolz gewölbter Brust voran. Und dann gibt's da noch diese Vögel, die begleitend nebenherfliegen. Schnurrbärte. Die Herren verlieren ihre Schnurrbärte kurz nach dem Verlassen des Erdbodens und diese gleiten als Vögel durch die Luft, beschützen die Heißluftballons und Gleitschirmflieger.

Dieses Bild vom Himmel. Ich weiß, es klingt seltsam, aber so habe ich es mir halt vorgestellt. Sie können das nicht ganz nachvollziehen? Dann warten Sie mal ab. Ich erzähle Ihnen die ganze Geschichte. Na ja, da war dieser Herr. Der Herr im türkisgrünen Mantel. Als Zugvogelführer flog er voran und die anderen folgten seinem Windschatten. Dieser Herr, er hatte eine seltsame Eigenart. Er war ein Philosoph und jedes Mal, wenn er nachdachte, musste er sich am Kopf kratzen. Dabei stürzte er jedes Mal ein wenig in die Tiefe, weil er ohne Hut ja nicht fliegen konnte. Blind folgten die anderen seiner Flugroute und ließen sich ebenfalls herabfallen. Sie verstehen, dass es also eine sehr lange Reise war. Ständig schimpften die anderen mit ihm und er gelobte Besserung. Aber er war scheinbar sehr vergesslich und so band er auch weiterhin jedes Mal seine Hutschnur auf und zückte seinen Hut, um sich am Kopf kratzen zu können. Sie können sich vorstellen, dass er recht häufig nachdachte, denn immerhin war er ja ein richtiger Philosoph.

Dann gab es da noch den etwas beleibteren Herrn, er war ziemlich kräftig und rund. Kreisrund. Er war ein wenig stur und hat es einfach nicht eingesehen, seinen Spazierstock abzulegen. Und so schwenkte er immer ein wenig aus, weil er auf einer Seite deutlich schwerer war. Hinzu kommt, dass er es liebte, zu schimpfen. Nicht weil er besonders verbittert oder unzufrieden war, sondern einfach, weil er es mochte. Und immer wenn er schimpfte, dann schwang er seinen Stock umher und wirbelte die ganze Luft auf. Er schimpfte über die Schnurrbartvögel, über die entgegenkommenden Flugzeuge und darüber, dass sie jedes Mal herabsanken, wenn der Philosoph wieder einmal seinen Hut zückte. Dann nahm er seinen Spazierstock und schwenkte ihn über seinem Kopf. Wie ein kleiner Hubschrauber stieg er dann rasend schnell auf und geriet aus dem Sichtfeld der anderen. Und Tag für Tag wurde er dann vermisst, bis man ihn irgendwann wiederfand. Dann schimpfte man immer mit ihm und auch er gelobte Besserung. Aber auch er war ein wenig zerstreut und vergesslich und es machte halt auch so immens viel Freude zu schimpfen. Und so widerholte sich dieses Szenario Tag für Tag. Der schimpfende Sturkopf, der Philosoph. Ein Hoch und Runter. Es war also eine lange Reise.

Dann gab es da noch diese alte Dame, sie hatte keine Regenhaube, aber dafür besonders dichte weiße Haare und sah so ein wenig aus wie eine Pusteblume. Man nannte sie Frau Löwenzahn. Ein besonders neckischer Herr flog immer hinter ihr und pustete, weil er hoffte, dass die einzelnen Pollenflieger dann durch die Luft gleiten würden. Jedes Mal puste er so fest er konnte und die Dame wurde so immer ein wenig nach vorne gedrängt und stieß gegen die anderen. Der alte Herr wies jedwede Schuld von sich und verwies auf den starken Westwind. Aber er war nicht besonders glaubwürdig, immer kicherte er dabei und lachte sich lautstark ins Fäustchen.

Jetzt fragen Sie sich bestimmt, wie die Männer fliegen konnten, die keine Hüte hatten. Nun sie hatten Regenschirme. Pastell kolorierte Regenschirme in allen Farbtönen. Und dann gibt es da noch ein paar weitere Menschen mit ganz besonderen Fluggeräten. Die hab ich mir für den Schluss aufbewahrt. Nun, alte Menschen neigen dazu, an ihrem Fenster zu stehen und die Menschen zu beobachten. Und dann gibt es diese dunkelgrün lackierten Fensterläden an Fachwerkhäusern. Die Menschen haben ihre Fenster einfach mitgenommen. Und jetzt flattern sie mit ihren Fensterklappenflügeln durch die Wolken. So können sie weiterhin alles beobachten und haben immer etwas, an dem sie sich festhalten können. Weil sie gewohnt sind, die Klappen zu schließen, wenn die Sonne scheint, stürzen auch sie manchmal herab, merken dann aber schnell, dass dies keine besonders gute Idee war.

Sie können sich also vorstellen, dass diese lustige Reisegruppe ein wenig länger gebraucht hat. Aber irgendwann nach einigen Jahren erreichte sie dann ihr Ziel. Die Hemisphäre. Und dort wurden sie irgendwann schwerelos und konnten endlich ihre Regenhauben und Hüte ablegen. Die Damen konnten sich wieder kämen, die Herren am Kopf kratzen. Der Philosoph war der glücklichste Mensch. Er kratzte und kratzte. Er liebte es. Sie flogen also um den Mond herum und taumelten umher. Und das ist auch schon das Ende.

Flackernde Fetzen von Farbfotos. Blassbunte Bilder.

Sie schaukeln auf morschen Brettern an seidenen
*   Zeitseilen*
Wohnen auf modernden Mondplanken
Balancieren auf flirrenden Fäden am Firmament
Sternhagelkörner in den kosmischen
*   Kammerspielen*
Meteoritenmurmelspiele

Einige sitzen im Schneidersitz auf den Miniaturplaneten und spielen Karten. Ein paar Damen sitzen unter roten Markisen auf Mondplanken, essen Kuchen und spucken die Kirschkerne in die Atmosphäre. Der Milchstraßenkehrer, er kehrt und kehrt und kehrt die Kirschkernkometen hinfort. Meine Vorstellung vom Himmel.

Flackernde Fetzen von Farbfotos. Blassbunte Bilder.

Aus den Flechtkörben der Damen lauern die Lauchzwiebeln, die Herren lesen Zeitung, der Philosoph weiß endlich, warum er schon mit dreißig keine Haare mehr hat, der Frechdachs läuft weiterhin hinter den Damen her und versucht, die Pollenflieger aus den Pusteblumen zu pusten, einige sitzen an ihren Fenstern und der Herr mit dem Spazierstock schimpft und schimpft und schimpft.

Und auf der obersten Wolke sitzt der alleralle-ralleräiteste Herr, spielt Klavier und erschafft aus den aufsteigenden Tönen die Notenblätterwolken. Die himmlische Sinfonie. Ich möchte gerne alt werden. Alt und blassbunt.

Was kann denn ich dir noch vom Schnee erzählen?

Ich wollte dir eine Geschichte erzählen, eine Geschichte von einem Kind und einer Schneekugel und du sagtest nur: „Hör mir doch auf mit Schneekugeln. Darüber ist doch schon alles gesagt worden. Schneekugeln sind schön, aber kitschig. Über den Schnee wurde alles gesagt, alle Gedichte sind geschrieben, alle Bilder gemalt."

„Warte doch. Lass mich dir doch was vom Schnee erzählen ... Dieser Junge und die Schneekugel, er hatte sie in seinen Händen und ..."

„Nein, es gibt keine Schneekugeln. Schneekugeln existieren nur in der Literatur. Sie sind nichts als aufgebrauchte Metaphern. Was willst denn du mir erzählen? Geschichten von unberührten Landschaften, von schneebedeckten Dächern, von alten Speichern, von Heimat, von damals?"

„Sieh mal, wir wollten nach Montauk fahren. Nach Montauk. Aber du sagtest wieder, dass es kein Montauk mehr gebe. Wir hätten Montauk in den Filmen gesehen, von Montauk in Büchern gelesen. Da gebe es für uns jetzt nichts mehr zu sehen. Montauk sei zu definiert, als dass wir es noch entdecken könnten."

Es scheint, als seien alle Bilder verbraucht. Es scheint, als lebten die Menschen nur noch auf der Grundlage einer gemeinsamen Erinnerung.

Das kollektive Gedächtnis: Wie eine riesige aufgespannte Leine über der Erde, an der an Wäscheklammern einzelne Fotos haften. Abermillionen unzählbare Fragmente von erlebten Geschichten. Aber irgendwann haben wir aufgehört, Fotos aufzuhängen, und nun zehren wir von den Bildern, die ohnehin schon da sind.

„Wenn du von einer Schneekugel erzählst, denken wir alle an eine alte Kiste auf dem Speicher, ein alter Mann sitzt oben, wühlt in der Vergangenheit, fühlt sich an die Tage seiner Kindheit erinnert. Was willst denn du mir noch vom Schnee erzählen?"

„Aber wusstest du, dass die Eskimos neunzig Wörter für Schnee kennen?"

Ich hab das mal gehört, oder gelesen. Das ist doch so eine Geschichte, von der man irgendwann mal Notiz nimmt.

„Nein. Es sind nur unterschiedliche grammatische Zusammenhänge und es heißt nicht ‚Eskimo'. Das sagt man nicht mehr. Es heißt ‚Inuk'."

„Aber ‚Eskimo' klingt doch so schön. Und die Geschichte mit dem Schnee ist doch ganz nett. Neunzig Wörter. Vielleicht waren sie sich dessen gar nicht bewusst. Für sie war es ja eine Selbstverständlichkeit und irgendwann haben sie es in einer Zeitung gelesen. Ein Mann sagte dann zu seinen Kindern: Habt ihr schon gewusst, wir haben neunzig Wörter für Schnee. Ist das nicht schön? Vielleicht war dieser Mann sehr stolz auf sich und sein Volk und hat sich dann gedacht: ‚Na, wenn wir schon neunzig Wörter für den Schnee haben, dann können wir uns doch auch neunzig Wörter für die Erde oder das Wasser überlegen.'"

Vielleicht wurden die Kinder neugierig und eines hat sich gesagt: „Ich will wissen, ob die anderen Völker auch neunzig Wörter für den Schnee haben. Ich glaube das alles nicht."

„Und vielleicht ist dieser Junge dann vor die Tür gegangen und hat ein Loch geschaufelt. Vielleicht war dies der offizielle Beschluss eines Inuks, erstmalig ein Loch durch die ganze Erde zu graben. Nur um zu erforschen, was sich auf der anderen Seite tut, wie die Menschen dort den Schnee nennen, den Frost und die Eiskristalle. Und dann hat er dieses Loch gegraben.

Womöglich fasste am anderen Ende der Welt, genau in dem Moment, ein anderer Mensch den gleichen Beschluss und grub auch ein Loch, weil *er* gehört hat, dass sein Volk nur ein Wort für den Schnee kennt, und weil er jetzt auf der Suche war, nach neuen Wörtern. Er wollte die Inuit besuchen, um sie nach Hilfe zu fragen. Und dann hat er gegraben. Fünfundvierzig Jahre lang."

„Das ist doch Unsinn", sagtest du. „Das wissen wir beide."

„Nein, diese Geschichte ist wahr. Es hat nur nie jemand mitbekommen. Diese beiden Menschen, genau am Erdmittelpunkt sind sie mit ihren Köpfen aneinandergestoßen und haben sich so sehr erschrocken, dass sie in Windeseile wieder zurückgekehrt sind. Und dann haben irgendwann beide unabhängig voneinander beschlossen, Stillschweigen zu bewahren. Weißt du, es waren stolze Männer. Vielleicht haben sie sich für ihre Furcht geschämt. Niemanden hätte diese Geschichte interessiert, die Geschichte von einem Eskimo, der nur ein halbes Loch durch die Erde gegraben hat und dann wieder umgekehrt ist. Es wäre ja eine Geschichte vom Scheitern oder der Angst womöglich. Wir wissen also nicht, ob das passiert ist."

„Doch, das wissen wir. Denn man kann kein Loch zum Erdkern graben, das ist bewiesen, es ist technisch nicht realisierbar. Was willst denn du mir noch vom Schnee erzählen? Jede Metapher ist verbraucht, jedes Sprachbild gemalt. Willst du mir erzählen von Morgentau, von klirrendem Atemfilm an Fensterscheiben, in den du unsere Namen schmierst, von schneebedeckten zugefrorenen Seen, auf denen wir uns fallenlassen und Schneeengel bilden, vom Flockenflacken? Das haben wir doch schon alles gehört. Erzähl mir nicht mehr von Kaminöfen, von Salz in Tauwasserpfützen, von rostigen Kehrschaufeln, von Schlittenspuren, der Stille auf den Straßen, von der Langsamkeit. Erzähl mir nicht von Montauk. Das alles ist doch alles nur eine endlose Wiederholung. Ein wiederkehrendes Klischee. Fang nicht wieder an, mir vom Seefahrer John Franklin zu erzählen. Es war nicht die Langsamkeit, von der du glaubtest, dass du sie durch dieses Buch wiederentdeckt hättest. Es war deine Trägheit, die dir längst innewohnte. Du hast dir die Trägheit schöngeredet, deinen Stillstand sublimiert. Durch Begriffe wie ‚schlendern' und

‚schlürfen'. Und ‚Langsamkeit'. Aber es war deine Trägheit! Mal deine eigenen Bilder. Hör auf, den anderen zu glauben. All den Malern, den Autoren, den Bildhauern, den Pianisten. Bediene dich deiner eigenen Erinnerung, deiner eigenen Realität! Bitte stehle sie doch nicht den anderen. Die Wirklichkeit sind wir. Die Wirklichkeit ist jetzt. Hier. Und du kannst mir nichts mehr vom Schnee erzählen. Erst recht nichts mehr von einer Schneekugel. Das ist alles Klischee, alles endlos wiederkehrender Kitsch von damals. Und du glaubst diese Geschichten. Filterst sie so, dass sie dir passen. Und jetzt glaubst du, du wärst wirklich in Montauk gewesen. Glaubst, dass wir da standen am Bahnhof im Schnee. Wir haben Bilder betrachtet. Draußen auf Häuserwänden, in Museen, Galerien haben wir Bilder betrachtet. Bilder von Windmühlen, von Feldwegen, von rauchenden alten Männern in Kneipen. Und jetzt glaubst du diesen Bildern. Unser Gedächtnis ist nicht zuverlässig, weißt du, wir füllen die Lücken, die wir vorfinden, durch fiktionale Ereignisse, die nie stattgefunden haben, und adaptieren sie in unsere Wirklichkeit. Wir waren nie in Montauk oder in Prag. Du warst nie auf einem Schiff. Du bist seekrank, alter Narr. Und wenn es schneit, bist du der Erste, der sagt, er sehne sich nach der Hitze. Nein, wir waren hier. Wir rauchten und tranken, zertrümmerten die Nacht und suhlten uns nackt in ihren Trümmern. Ein Hoch auf unsere Eitelkeit! Hat dir das nicht gereicht? Und jetzt häng die Girlanden auf! Morgen beginnt das neue Jahr. Wir wollen feiern und tanzen."

„Aber interessiert es dich nicht? Dieser Inuk, vielleicht stand er vor seiner Türe und fasste am frühen Morgen den festen Entschluss, ein Loch durch die Erde zu graben. Nun gut, vielleicht hatte der Inuk keine Schaufel und fasste am späten Morgen den Entschluss, sich wieder schlafen zu legen. Das wäre schade. Oder aber, er hat es doch geschafft, lugte nach neunzig Jahren mit dem Kopf aus dem Boden und dachte sich: ‚Oh weh. Hier ist es ja genauso kalt wie bei uns.' Aber vielleicht, nur vielleicht, kam er hinaus und sagte: „Guten Tag, ich bin ein Inuk und mein Volk kennt neunzig Wörter für Schnee, und was kennt ihr?' Und der andere sagte: ‚Sie werden es kaum glauben, aber wir haben *neunzig* Arten von Schnee für *ein* Wort.' Und dann war er ganz beeindruckt."

Es geht nicht um Wirklichkeiten, sondern um Möglichkeiten. Wir werden wieder vom Schnee erzählen. Genauso wie früher. Literatur ist unsere Wirklichkeit. Die Malerei ist unsere Wirklichkeit. Die Musik. Wir werden wieder vom Schnee erzählen. Immer wieder und immer wieder. Aber mit neuer Sprache, mit neuen Bildern, mit neuen Klängen und neuen Geschichten. Kunst zeigt uns die Möglichkeiten auf, und aus den Möglichkeiten formieren wir die Wirklichkeit.

Das kollektive Gedächtnis der Menschen gleicht einem Glasdach über einer Schneekugel. Und jetzt nehmen wir die Fäuste und schlagen die

Scheiben ein, bauen aus den Trümmern die Zukunft auf und schmücken sie mit den alten Girlanden. Dieser Junge, vielleicht ließ er die Kugel fallen und ...

Er kann dir noch viel über den Schnee erzählen."

Nordwind

Da liegen wir wie Regenrinnen, blechern und matt
Auf dem Wipfel der Welt, den Dächern der Stadt.

Nordwind. Februar. Vier Uhr dreißig. Tag und Nacht verschwommen wie zwei ineinanderfließende Farbtupfer. Wir liegen, eingepackt in dicken Winterjacken und Wolldecken, auf dem Flachdach, schauen auf die diesigen Dachspitzen der schlafenden Stadt. Nur wir, zwei Flaschen Weißwein, ein paar Zigaretten und der immer leiser werdende Ton der Nacht.

Auf dem Balkon gegenüber hängt eine alte Dame schlaftrunken ihre Wäsche auf. Handtücher und Spannbettlaken. Mir ist, als dringe der Duft von Waschpulver bis tief in meine Nase. Die farblich symmetrische Abfolge der Wäscheklammern ergibt ein harmonisches lineares Bild, welches mir in diesem Moment irgendwie eine gewisse Stabilität suggeriert. Auf der Brüstung steht eine grüne Gießkanne. Irgendwie schön.

Wir sitzen hier direkt vor unserem kleinen Zelt, spielen „Vier gewinnt" mit Wohnblockhäuserfronten, an deren Fenstern die Lichter in unregelmäßigen Intervallen kreuz und quer aufblinken. Silhouetten von menschlichen Körpern, die sich unter dem Glühbirnenflackern an den Scheiben entlangschleichen. Und dann ist da dieser Baustellenkran, ein riesiges aufragendes Ungetüm.

„Komm, wir klettern hoch und klauen den Menschen mit dem Stahlseilhaken ihre Kopfbedeckungen, spielen ‚Spitz pass auf' mit der Stadt. Ja, das machen wir. Fang den Hut. Oder wir spielen ‚Mensch, ärger dich nicht'. Wir sortieren die Menschen nach ihrer Jackenfarbe und bringen sie zurück in ihre Häuser, denn eigentlich sollten sie noch schlafen, um die Zeit. Irgendwann klettern wir auf diesen Kran. Versprochen."

Unglaublich, wie viele Variationen von Lichttönen es doch gibt. Von blassweiß bis tiefrot. Die Ampeln schlafen, dann und wann blinken einzelne Farbflecken auf, Lichterketten, die sich durch die Stadt schlängeln. Die Autobahnen in weiter Ferne. Asphaltregenwürmer.

Fünf Uhr morgens. Zwischenwelten. Wir sehen, wie langsam die ersten Laternen und Straßenlampen ausgehen. Immer Stück für Stück nach dem Schaltsystem. Doch von hier oben, aus der Ferne wirkt es, als liefe noch ein emsiger Laternenauspuster durch die Straßen, jeglicher Elektrizität strotzend. Schritt für Schritt. Pusten und pusten.

Unter uns die Oberleitungen der Straßenbahn. Manchmal hat man das Gefühl, man könne auf diesen Seilen balancieren und über die Stadt schlendern. Halbton für Halbton im Drei-Viertel-Takt. Schritt für Schritt, begleitet von den Geräuschen hochgezogener Jalousien, aufgeklappter Schieferhausfensterklappen und der ersten aufheulenden Motoren. Ein Rattern, Knattern und Klappern. Ihre Häuser verlassend, wandeln die ersten

Menschen im schlendernden Gleichschritt auf den gähnenden Bürgersteigen, deren Gullydeckel noch den nächtlichen Schlafsand in den Augen haben.

Morgendämmern. In der Satellitenschüssel schlummernde Wasserpfützen. Begleitet von den Ovationen der ersten zwitschernden Vögel verbeugt sich der Mann im Mond und verschwindet hinter dem blassblauen Vorhang. Du liegst auf dem Bauch und flüsterst einzelne Silben in die Regenrinne. Unten steht ein Hund und wundert sich, warum die Regentonne sprechen kann. Ich liege neben dir und spiele Klavier auf den Tasten deiner Wirbelsäule. Halbton für Halbton.

Wir liegen hier auf nach Teer riechender Dachpappe, zwischen Silvesterraketenleichen und Kronkorkenkolonien und schauen auf die langsam aufwachende Stadt.

„Weißt du, früher wollte ich immer Schornsteinfeger werden", sagte ich. „Ich weiß gar nicht warum. Vermutlich nur, weil ich den Anblick von sattschwarzen Schornsteinsilhouetten so gerne hab. Und ab und zu, dann steigt eine Dampfwolke aus ihnen hervor und schmiegt sich spiralförmig in die Gasgebilde. Die Wolkenkatzen jagen die Wolkenmäuse. Schornsteinfeger. Das wäre schön gewesen. Aber bestimmt hättest du dann meinen Zylinder gestohlen, von deinem Kran aus, mit diesem Stahlseilhaken. Ja, das hättest du.

Und danach wollte ich Tiefseeforscher werden und neben taumelnden Tintenfischtentakeln durch die trüben transatlantischen Tiefen tauchen, wollte koreanische Krustenkrebskneifzangen aus kryptischen Korallenkratern kratzen. Mit Schwertfischschwärmen durch Stromschnellen schlendern und Seesternstaub aufwühlen. Tiefseeforscher oder Schornsteinfeger."

„Früher hattest du auch einmal Träume", erwiderst du. „Weißt du, du hast mir mal gesagt, dass wir zum Nordkap fahren und dort Forellen im Eiswasser fangen werden, nur wir und unser Rucksack, per Anhalter immer Richtung Norden. Früher, da hattest du Träume."

Und ich sage: „Hmm, sieh mal dort hinten. Siehst du die Schornsteine. Stell dir mal vor, wir schlüpften einfach durch sie hindurch. Und dann ... dann würden wir womöglich feststellen, dass ... na ja, also, wenn wir jetzt tatsächlich am Nordkap wären ... dann könnte es ja passieren, dass ... all diese Dinge viel schöner waren, als sie noch Träume waren. Sieh mal, es geht doch alles viel zu schnell. Die Zukunft ist doch immer bloß einen Augenblick entfernt. Du schließt deine Lider und zack ... Zukunft. Ein einziger Moment. Der Bruchteil einer Sekunde. Mehr nicht. Wenn man träumt, dann erscheint alles so real, und immer wenn ich versucht habe, meine Träume aufzuschreiben, dann waren sie bei weitem nicht mehr so schön wie vorher."

Nord, Süd, Ost, West. Und wir mittendrin. Das ist doch das Schöne an den Himmelsrichtungen. Wie viele Schritte man auch weitergeht, die eigene Perspektive ändert sich dabei nicht. Alles bleibt, wie es ist. Nord, Süd, Ost, West. Über uns kehrt der Milchstraßenkehrer den Planetenstaub fort und unter uns, meilenweit entfernt, da sitzen zwei Laternenfische auf dem blubbernden Bordstein und werfen ihr schwaches Licht auf den Zitteraal, der ja eigentlich nur zittert, weil ihm kalt ist. Ist ja auch kühl da unten. Sieh mal dort drüben: Da liegen die Berge, und dort, dort hinten, da müsste irgendwo das Nordkap sein. Und wo sind wir? Hier.

Auf unserem Weißweinatem schlafen die Glühwürmchen. Zwischen den Zigarettenstummeln und den Kronkorkenkolonien, da steht unser Zelt. Hier auf dem Flachdach. Nach Teer riechende Dachpappe und das Geräusch von Morgendämmerung. Im Weinglas schlummert eine trunkene Fliege und summt ihr letztes Lied. Nordwind. In den Kopfhörern lauschen wir der Welt. Die langsam einsetzende Perkussion der ersten Schritte, der dumpfe blecherne Bass, der Saitenanschlag auf der Straßenbahnoberleitungsgitarre, der erste leise Klang auf dem Klavier. Halbton für Halbton. Und dann setzt ganz langsam der Gesang ein und du flüsterst dieses Lied durch die Regenrinnen.

Das Lied der Welt rinnt durch den Blechfilter, gedämpft wie durch Schallschutzschaum. Und unten steht noch immer der Hund vor der Regentonne und wundert sich.

Wir träumen von entfernten wunderbaren Welten, von gestern und morgen, und merken nicht, dass wir längst am schönsten Ort der Welt sind.

Genau zum richtigen Zeitpunkt, im richtigen Takt. Und dann legen wir uns in die Satellitenschüssel, mit geschlossenen Augen, unsere Schläfen ertastend, und schlendern schlafmohnschlummernd in den Tag. Halbton für Halbton.

Da liegen wir wie Regenrinnen, blechern und matt
Auf dem Wipfel der Welt, den Dächern der Stadt.

Moskau, linke Hand

Fokus. Tiefenschärfe. Rauschen. Hier sitzt er nun, versunken in seiner geliebten Hartschalenfurche. Und er streift, schwebend, durch diese Stadt: eine Stadt, die er irgendwann in sein Herz geschlossen hat. Eine Stadt der Widersprüche und der Kontraste. Eine Stadt der Villen und eine Stadt der Verwahrlosung. Eine Stadt, die ihr eigener Gegensatz ist. Wo sich im Schutze der grünen Berge eine stählerne Schlange über den Fluss legt. Wo es nach Industrie riecht, nach Öl und Maschinenfett. Noch immer, nach all den Jahren.

Und wenn die schwebenden Boote über das Wasser gleiten, dann sieht man das wahre Gesicht dieser Stadt. Die fragilen Fassaden, den bröckelnden Putz, die zerschlagenen Fenster in ihrer trostlosen Schönheit, ihrer eleganten Tristesse. Diese Stadt, er liebt sie. Denn dann und wann sprießt inmitten der Industrieruinen eine Blume auf, die ihrem Schicksal trotzt und die sich beharrlich durch die maroden Fugen der Kachelwände bohrt. Auf den Außenwänden. Schriftzüge und Bilder. Simulierte, künstlich evozierte Farbigkeit. Er denkt an den alten Bahnhof. Gleis eins. Dort sitzt sie wohl, wie gewohnt, die alte Dame, umgeben von Flüchtigkeit und Schamgefühl. Denn dort oder am Rathaus sitzt sie immer und prägt das Bild dieser Stadt, und vielleicht wäre die Stadt eine andere, wenn sie fort wäre. Vielleicht ist sie das Gesicht dieser Stadt. Ihre Konstante. In ihrem Trotz, ihrer

Beharrlichkeit, in ihrer stummen Starre. „Moskau, linke Hand." Man kennt sie, man will sie nicht sehen, doch man sieht sie. Man versucht, sie zu vergessen, man vergisst sie nicht. Und wenn sie fort wäre, würde man es merken. Und man würde sich erinnern. „Moskau, linke Hand."

Noch immer sitzt er im Schlund der stählernen Schlange und passiert erneut die qualmenden Schlote, die Rohrkonstruktionen und man sieht, wie sich der Dampf über die Stadt legt oder aus den Blechrohren am Fluss quillt. Und er erinnert sich an den Webstuhl der Großmutter, Textilfabriken und Färbereien. Ausgerechnet Färbereien. Und er wundert sich, wo die Farbe geblieben ist. Aber dann blickt er auf die Dachterrassen: gespannte Leinen, kolorierte Wäscheklammern, grüne Gießkanne und Katzen, die sich in der Sonne suhlen oder eben im Regen. Und auf diesen umzäunten Metern scheint sich all die Farbigkeit der Stadt zu komprimieren. Wer hier wohnt, muss Träumer sein, sonst ist er verloren.

Man braucht ein gutes Auge, um die Farbe hier zu finden. Phantasie. Aber wenn man sie dann gefunden hat, ist sie umso schöner. Wie eine Habseligkeit, die man konservieren will. In dieser Stadt braucht man Geduld. Diese Stadt empfängt dich nicht mit offenen Armen. So wie die Menschen hier. Sie lächeln dich nicht direkt an, aber wenn du sie brauchst, sind sie für dich da. In all ihrer aufrichtigen Echtheit. Menschen, die verschiedener nicht sein könnten. Wer meint, nur weil er viele

Bücher gewälzt hat, und wer von sich glaubt, sie zu verstehen, wer deshalb seine Hände für zu kostbar hält, um sie schmutzig zu machen, der ist in dieser Stadt verloren. Diese Stadt steht für Bescheidenheit, für Genügsamkeit.

An den Fenstern – Schlieren. Autofokus, das Klackern des Apparates. Das zitternde Gerüst des Bolzplatzes. Brauner Schlamm und Träume. Die Schrebergärten. Eine erdichtete Spiegelung von Idylle im urbanen Umfeld. Ein umgekippter Gartenzwerg. Eine rostige Schubkarre. In ihr – morsches Holz und der Gedanke an Umbruch. Der Zoo. Umzäunte Landschaft. Kinder in Gummistiefeln. Eine nasse Schaukel. Auf ihr niemand. Sonnborn. Hammerstein. Zeilen- ...

Bruch. Endstation. Linsenspiegelung. Klappe geschlossen. Er steigt aus und geht ein Stück zu Fuß, streift mit behutsamer, bedachter Schrittfolge durch die Straßen, denkt an Farbigkeit, an Möglichkeiten und an simulierte Realitäten. Er denkt an das Theater, an Bühnen, an Wäscheklammern und grüne Gießkannen.

Und er weiß, dass diese Möglichkeiten sich niemandem aufdrängen, weil auch sie bescheiden sind, aber er weiß auch, dass, wenn sie fort sind, sich ein großes Stück Hoffnung verliert. Und irgendwann wird auch die beharrlichste aller Städte ihrem Ende nahekommen und ihren Trotz aufgeben. Irgendwann ist morgen und irgendwann ist das Theater weg, dann der Bolzplatz und irgendwann die alte Dame am Bahnhof und mit ihr die Möglichkeiten.

„Moskau, linke Hand."

Bei Lektora erschienen

Patrick Salmen

Distanzen

„Distanzen" entführt Sie in poetische Bilderwelten: Momentaufnahmen voller Gerüche, Farben, Klänge und Atmosphäre. In diesem Buch treffen Sie weder auf die großen Helden der Geschichte noch auf die Geschichten großer Helden, vielmehr versucht der Autor den Leser einzelne Stimmungsebenen nachempfinden zu lassen und ihn als Protagonist in seine Geschichten einzubinden. Hier stoßen Sie auf die Faszination des Strommastensurrens, auf alte Damen, die mit ihren Regenhauben als Heißluftballons in den Himmel aufsteigen, auf leisen Zweifel und Lautmaler, auf den Zauber des Geschichtenerzählens, auf Zwischenrealitäten und Zugvogelforscher. Der Autor entführt den Leser an Telefonzellen, Bushaltestellen, Flughäfen oder Feldwege und lässt ihn die seltsam schöne Faszination spüren, die diesen Orten anhaftet.

In prosaischer und lyrischer Form erzählt Patrick Salmen die Geschichten der kleinen Helden.

ISBN 3-938470-60-7
€ 9,90

www.lektora.de

Bei Lektora erschienen

Jan Philipp Zymny

Hin und zurück – nur bergauf!

„Hin und zurück – nur bergauf" ist keine bloße Sammlung von Poetry-Slam-Texten. Mit einer Menge surrealistischem Humor und überraschenden Ideen beschreibt Jan Philipp Zymny in skurrilen Erzählungen und Gedichten eine fantasievolle Welt, in der alles irgendwie miteinander zusammenzuhängen scheint. Dabei bleiben jedoch einige Fragen offen: Woher bekomme ich einen Bademantel aus Hummelfell? In welchem Verhältnis stehen ein Haiku schreibender Orang-Utan und ein konfirmierter Gorilla zueinander? Wer ist dieser Eugen-Jonathan? Was möchte der Autor uns damit sagen? Die Antwort auf diese und andere Fragen lautet: JA!

„Selten lagen Wahnsinn, Genialität und Hummelfellmäntel so nah nebeneinander."
(Fabian Navarro)

„Ich musste es Korrektur lesen. Nie las ich Wörter in der Reihenfolge. Manches ergab Sinn. Vieles auch Unsinn. In der Summe erzeugen alle Morpheme Frohsinn. Ich tät's lesen wollen müssen, wenn ich nicht schon dürfen hätte sollen."
(Vater)

ISBN 978-3-938470-78-7
€ 9,90

www.lektora.de

Bei Lektora erschienen

Marian Heuser

Seifen ändern dich

"Was den Leser erwartet? Ganz ehrlich? Ein Buch. Genauer gesagt: mein Debut. Konkreter noch: eine wilde Mischung aus bühnenerprobten Slamtexten und gänzlich unveröffentlichtem Material.
Ich würde ja gerne noch mehr ins Detail gehen, aber der Platz hier ist nun aufgebraucht. Schade eigentlich."
(Marian Heuser)

„Der Marian ist innerhalb seiner drei Jahre im Rampenlicht schon immer eine erfrischende Ausnahmeerscheinung gewesen. […] Wenn das überstrapazierte Verb vom „authentischen" Künstler zu jemandem passt, dann zu diesem engagierten Bühnenleser."
(Münstersche Zeitung)

„Marian Heuser ist ein Poet mit Liebe zum Publikum."
(Welt am Sonntag)

ISBN 978-3-938470-77-0
€ 9,90

www.lektora.de

Bei Lektora erschienen

Fabian Navarro

Ganz viel Mist und ein bisschen Poesie

Der junge Poetry Slammer Fabian Navarro legt sein lang erwartetes erstes Buch vor.

Die jüngsten Stimmen dazu verheißen Großartiges:

„Dieses Buch füllt ein Loch in meinem Leben, von dem ich bisher gar nicht wusste, dass es da ist."

Jan Philipp Zymny

„Was soll das?!"

Die Illustratorin

ISBN 978-3-938470-67-1

€ 6,00   www.lektora.de

Bei Lektora erschienen

Markus Freise

Du gehst da raus und alles wird zu Gold

„Dies hier ist Poesie!"

BLÖDSINN!

Das hier ist eine Schlacht! Aber das weißt du noch nicht.

Du bist der Neue. Allein.

Alles was du jetzt hast sind 6 Zettel und das Zittern in deinem linken Knie, das dir sagen will: Du bist gar nicht alleine, Baby! Das Zittern ist an deiner Seite und das wird dich nie verlassen.

„Ich hab fast geweint. Ich fand das sehr, sehr schön. Und kann gar nicht mehr dazu sagen, außer dass ich gerne die Freundin von dem Markus sein möchte."
(Slam-Tour mit Kuttner)

„Das solche Autoren Untergrund bleiben, ist so sinnvoll wie schade. Sie sind die besseren Chronisten des Zeitgeistes als so mancher Buchtipp des Monats."
(Visions-Magazin)

„Mein ganz persönliches Buch des Jahres."
(Mischa-Sarim Vérollet)

ISBN 3-938470-39-8

€ 13,90

www.lektora-verlag.de

Bei Lektora erschienen

Christian Ritter

Moderne Paare teilen sich die Frauenarbeit

In seinem dritten Kurzgeschichtenbuch versammelt Christian Ritter Protagonisten, die eine große Gemeinsamkeit haben: Sie sind nicht ganz zurechnungsfähig. Das Fehlen der Seife beim Badewannengang gerät zum Endzeitszenario. Im Bamberger Dom geht eine Reisegruppe auf die Suche nach Automaten mit getragenen Damenslips. In die kanarische Urlaubsidylle platzt plötzlich die Traumschiff-Crew und übernimmt das Kommando. Es geht turbulent zu in diesem Buch, manchmal hart, oft hart an der Grenze. Die Schieflage der deutsch-französischen Beziehung wird genauso thematisiert wie die mangelhaften Zukunftsaussichten angehender Lehrkräfte. Hier ist alles drin, was ein gutes Buch braucht: ein Lebensmittelskandal, zwei Leichen, viel Liebe und merkwürdige Dialoge.

„Ritters Text ist eine Perle des schwarzen Humors, die noch nachwirken wird, wenn er bei der Deutschen Meisterschaft schon den nächsten Geniestreich in den Wettstreit schickt."
Mittelbayerische Zeitung

ISBN 3-938470-61-5
€ 9,90

www.lektora.de